Helfrich Peter Sturz

Schriften

Erste Sammlung

Helfrich Peter Sturz

Schriften
Erste Sammlung

ISBN/EAN: 9783743659568

Hergestellt in Europa, USA, Kanada, Australien, Japan

Cover: Foto ©Andreas Hilbeck / pixelio.de

Weitere Bücher finden Sie auf **www.hansebooks.com**

Schriften

von

Helfrich Peter Sturz.

Erste Samlung.

Neue verbesserte Auflage.

Leipzig,

bey Weidmanns Erben und Reich. 1786.

Vorrede.

Diese neue Ausgabe von dem Nach-
laß eines Schriftstellers, dessen Plaz,
wie der so mancher anderen, in diesen
lezten Jahren unserer Litteratur ent-
rissenen, vortreflichen Männer, noch

2

nicht

nicht ausgefüllt ist und schwerlich so bald ausgefüllt werden wird, bedarf keiner weitläuftigen Vorrede. Sie ist weder eine vermehrte, noch vollständige, und soll beides nicht sein. Mehr würde auch die zweite Samlung bei ihrer ersten Erscheinung nicht enthalten haben, wenn Herausgeber und Verleger freie Hand dabei gehabt hätten. Man hat nichts aufgenommen, wovon man nicht mit ziemlicher Gewißheit vermuten könte, daß auch der Ver-

faßer

faſſer ſeinen Schriften es künftig ein-
verleibt haben würde. Vielleicht hätten ſogar einige der hier nicht aufge-
nommenen Stücke mit einer leichten
Ueberarbeitung, kleinen Weglaſſungen
und Zuſäzen ihren Plaz darin gefunden und vielleicht hätte ein Freund des
ſeligen Sturz, den dieſer ſeines ganzen
litterariſchen Vertrauens würdigte, dieſe
gewagt, wenn nicht alle Meißeleien
an fremder Arbeit ihm ſo verhaßt wären, als Sturzen ſelbſt. Wären auch

3

unge-

ungedruckte Aufsäze in seinen Händen, so würde er, eingedenk des Verbots von einem Sterbenden, sie nicht zum Drucke hergeben, so wenig als er der Verräther seiner freundschaftlichen, sonst des Lichtes im hohen Grade würdigen, Briefe werden will. Manches schöne Fragment, besonders aus den Briefen eines Reisenden, deren noch mehrere folgen solten, erinnert er sonst sich gesehen zu haben, das, selbst als Fragment, die Zierde dieser Ausgabe sein würde,

würde, und erinnert sich zugleich, mit noch nicht geschwächter Empfindung, so mancher angenehmen, mit einem der aufgeklärtesten und liebenswürdigsten Männer unsrer Zeit verlebten, Stunden und Tage. Unter seinen unvollendeten Arbeiten bedauert er vorzüglich eine sehr glückliche Verdeutschung der heimlichen Heirath von Coleman und Garrick, und unter den unausgeführten Planen, eine Geschichte Peters des Großen, die, bei den jezt dazu vorhandenen

4

denen

benen Hülfsmitteln, unter Sturzens
Hand gewiß ein Meisterwerk geworden
wäre.

Die Erinnerungen aus dem Leben
des Grafen von Bernstorf machen, als
die älteste seiner reiferen Arbeiten, den
Anfang dieser Ausgabe; auf sie folgt
die ganze erste Samlung, wie sie noch
kurz vor des Verfassers Tod erschien,
und einzele, aus dem deutschen Museum, dem sie großentheils ihre Ent-
stehung zu verdanken hatten, entlehnte

Auffäze

Auffäze machen den Beschluß. Einige angehängte Gedichte schienen zum Verwerfen zu gut, obgleich ihr Verfasser auf den Namen eines Dichters nie Anspruch machte.

Das der zweiten Samlung vorgesezte Bildniß stellte, bei einiger Aehnlichkeit, zu wenig von Sturzens Geist dar, dessen Aeußeres diesen freilich mehr verrieth, als zeigte, um hier wiederholt zu werden; allein von den beiden Auffäzen über sein Leben hat

man

man abermals Gebrauch gemacht, da

sie von Freunden, zuverläßig, und gut

geschrieben sind, man auch wenig mehr

von ihm zu sagen wuste und dieses

Wenige noch nicht sagen konte.

M. den 1sten Mai. 1786.

B.

An

An den

Herren Hofrath und Leibarzt Zimmermann in Hannover.

Hier sind meine Briefe aus England und Frankreich, weil Sie es, liebster Freund, so wollen, gedruckt. Aber die Herren im Tribunal werden finden, daß Nachrichten vom Jahre 1768 — keine Neuigkeiten sind. Ich habe noch andere Auffäze angehängt, wovon einige aus dem Museum bekant sind;

und

und ich nenne das meine erste Samlung, ohne darum eine zweite zu ver-
sprechen, die vielleicht auch Niemand
verlangt. Es sind Kleinigkeiten, hin-
geworfen in Erholungsstunden von ernst-
haftern Geschäften, und sie mögen ihren Tag mitflattern, unter den Ephe-
meren dieser Zeit.

Oldenburg, den 2. Jul.
1779.

Inhalt.

Inhalt.

Sieben-

Erinne-

Erinnerungen

aus dem Leben

des Grafen

Johann Hartwig Ernst

von Bernstorf.

An die Frau Gräfin

C. C. von Bernstorf,

geborne von Buchwald.

Ich mache keinen Anspruch auf Autor=
schaft und Schriftstellerruhm, dazu konten
mich, wie Ew. Gnaden bekant ist, we=
der die Geschäfte, noch die Schicksale mei=
nes Lebens, führen; sondern weil Ihr
verewigter Gemahl mein größter Wohlthä=
ter war, weil ich viel freudige glückliche
Jahre in seinem Hause, unter seiner Lei=
tung durchlebt habe, weil er mich bis an

 sein

sein Ende seines Vertrauens und seiner Ge-
wogenheit würdigte: so verkündige ich meine
Empfindungen. Ich erzähle, welchen Mann
die Erde verlor, und ich eigene das Opfer
meiner Dankbarkeit Ew. Gnaden zu, weil
niemand diesen Verlust zärtlicher, inniger
empfand, und weil auch mein Dank Ihnen für Ihre mannigfaltige Güte gebührt.
Ich erneure zwar traurige Auftritte; aber
Erinnerung an den vortrefflichen Mann ist
Bedürfniß Ihres Herzens.

Oldenburg, den 4, Jul.
1777.

H. P. Sturz.

Ich

Ich wünschte Bernstorf zu schildern, wie er einst vor dem Gerichte der Nachwelt erscheint, wann kein Lob und keine Verläumdung mehr täuscht, wann die Zeit alle Stimmen gezählt und gewogen und seinen Werth berichtiget hat, wann die Folgen seiner Thaten allein für ihn zeugen.

Alsdann, ich darf es erwarten, wird ein dankbares Volk ihn segnen, dessen Väter er glücklich machte, und erleuchtete Monarchen werden, zum Lohn ihrer Sorgen, einen Diener wie ihn von der Gottheit erflehn.

Aber Bernstorfs Geschichte ist innig mit der neuesten Geschichte aller Höfe verflochten; und wer darf es wagen den Vorhang

 wegzu-

wegzuziehn, der diese Geheimnisse deckt? das bewegliche grenzenlose Gemälde der politischen Welt zu entwerfen, das eine Meisterhand fordert, und doch nur für spätere Zeiten gehört, wo man die Wahrheit, weil sie weniger beleidigt, auch unter den Mächtigen erträgt?

Ich kan also Bernstorf nicht durch alle Auftritte seines merkwürdigen Lebens folgen. Ich mache mich nur zu zerstreuten Erinnerungen, zu wenigen, aber merkwürdigen, Zügen seines Karakters verbindlich. Ich samle nur einzele Zweige zur bürgerlichen Krone dieses Menschenfreunds, und ich lege sie auf sein ehrwürdig Grab nicht ohne stille Thränen nieder, denn ich habe ihn gekant, ich habe den Minister hinter der Wolke gesehn, die ihn im Kreis der Geschäfte

schäfte verbarg, die ihn gegen den spähen-
den Blick der Höflinge schüzte.

Mögte es mir gelingen, mit Würde
von dem Manne zu reden, der edlen Anstand und jede Schönheit der Tugend über
seinen ganzen Wandel ausgoß! Nur wünschte
ich den Ton der Lobrede zu meiden, der sich
gerne zur feurigen Bewunderung gesellt und
den kältern Beobachter mißtrauisch macht;
Dieser fordert Eigenthümlichkeit in dem Bilde
großer Männer, und erwartet Menschen
zu sehen, keine Göttergestalten, die in den
Denkmaalen der Schriftsteller und Künstler
sich immer einförmig ähnlich, so wie immer
über der Natur sind.

Bernstorf stamte aus einem, durch
Würden und Verdienste verherlichten, alten
Geschlecht. Er war im Ueberfluß der Glücks-

güter

güter erzogen; ein Zufall, der den Weg
zur Tugend mit neuen Hindernissen, mit
neuen Gefahren umringt, weil Reichthum
und Geburt ohne Mühe ein Ansehn gewäh=
ren, das sonst nur der Preis einer langen
Arbeit ist. Bernstorf aber strebte mit einem
Eifer nach Verdienst, als wenn er Glück
und Namen erst durch seinen Fleis erwer=
ben sollte.

Mit einem Ernst über seine Jahre über=
ließ er sich früh dem tugendhaften Ehrgeiz,
nach der Achtung der Edelsten zu ringen.
Es war eine Maxime seiner Jugend, die
er oft noch im Alter wiederholte, mehr zu
leisten, als Pflicht allein fordert, und dies
war immer der güldne Spruch aller Unsterb=
lichen. Er trat noch als Jüngling in die
Aemter des Mannes. Schon im zwanzig=

sten

zwei Jahre ging er als dänischer Gesandter an den chursächsischen und königl. polnischen Hof, und er hat nachher die nämliche Würde in der Reichsversamlung zu Regensburg, bei Kaiser Karl dem Siebenden und am französischen Hofe, bekleidet.

In einer langen Reihe von Jahren, gingen alle Veränderungen der Staatswelt nahe an seinem Auge vorüber; nirgends trug sich ein wichtiger Vorfall zu, den er nicht aufgeklärt, dessen wahren Zusammenhang er nicht entfaltet hätte. Er selbst hatte viel Regenten, viel Minister, viel Günstlinge gekant, oder er war ihnen durch ihr Leben mit einem forschenden Blick gefolgt; er kante die Verfassung der Reiche, ihre Verhältnisse mit ihren Nachbarn, den Gang ihrer Politik, die oft den ungeübten Beobach-

 ter

ter durch scheinbare Abwechselungen täuscht
und doch bei mehr als einem Hofe Jahrhunderte lang die nämliche bleibt, weil der
Geist der Nazionen, ihre Art zu empfinden
und zu handeln, nur langsam eine neue
Wendung nimt.

Sein Herz war für jede Tugend empfindlich; er suchte sie in der Geschichte und
unter den Lebendigen auf; er hatte sich von
seltenen Leuten Züge der ersten Vortreflichkeit gewählt, und wünschte sie alle in seinem
Karakter zu vereinigen.

Die Vorsehung, welche so beständig und
so sichtbar für Dännemark wacht, hat ihm
auch diesen Minister erhalten, der nach seiner Zurückkunft aus Frankreich schon einem
andern Lande zugehörte. Er hatte sich dem
Vater des jezigen Königs von Großbritannien,

nien, dem gütigen Prinzen von Wallis, mit
dem er erzogen war, in seiner Jugend ver-
pflichtet, als der Tod dieses Fürsten Bernstorf seine Freiheit und dem dänischen Reich
einen schon geprüften, großen Diener wie-
dergab.

Er war in der Kraft seiner Jahre, da
er seine Staatsverwaltung antrat, und
Friedrich der Fünfte hatte noch nicht lange
geherrscht, ein Monarch, der durch seine Leidenschaft wohlzuthun, durch die unwandel-
bare Güte seines Herzens die Freude des
menschlichen Geschlechts war, der sich ganz
der Wollust geliebt zu sein überließ, der vor
Vergnügen überfloß, wann er es um sich
her verbreiten konte, dessen Ruhm auf dem
Wege zur Unsterblichkeit immer höher steigen wird. Zwar warfen ihm die Schmeich-

ler

ter der Tirannen seine unbegrenzte Gelindig:
keit vor. Wenn man ihnen glaubt, so er:
schlaffen die Zügel in der Hand eines allzu:
gütigen Regenten. Als hätte das Volk seine
Fürsten nur darum mit Uebergewalt bewaf:
net, damit es vor ihnen zittern müsse? Am
Thron des Despoten mag immer die Lobrede
des Sklaven wiederhallen; stille widerlegt
sie der Unterthanen Fluch, und die kühnere
Nachkommenschaft laut. Es kan einem
Menschenverächter gelingen, mit tugendloser
Klugheit einen Haufen Iloten in schrecken:
voller Ordnung zu beherschen, aber für ihn
ist auch keine Wollust der Liebe, kein Ver:
trauen, keine Freude der Menschlichkeit mehr.

Um Friedrichs Thron drängte sich ein
zufriednes, frohlockendes Volk; es umringte
ihn, wie in dem ersten Alter der Welt eine

Fami:

Familie ihren Vater umringte. Er umfaßte sie alle mit gleich inbrünstiger Liebe, und sie wurden von seiner Gewalt nur durch sein Wohlthun überzeugt. Er würde nie zum Zorn, nie zur Strenge gereizt. Er war immer ohne Bitten zur Gnade geneigt. Oft hat er als König das Gute belohnt, was, in der einsamen Hütte verborgen, nicht den Monarchen, nur den Menschen rühren konnte, und was dem Menschen mißfiel, hat er nie als König gerächt.

Diesem König diente Bernstorf mit einem nicht minder zärtlichen Herzen. Daher war auch seine Verwaltung der einheimischen und auswärtigen Geschäfte eine Reihe menschenfreundlicher Thaten. Sein Sistem in der Politik war, was es am Thron guter Könige ist, Friede, gutes Vernehmen,

nehmen, wechselseitige Dienstfertigkeit, Wohl
fahrt und Ruhm fürs Vaterland, Vortheile,
auch für fremde Staaten. Damit erwarb
er sich Vertrauen, und bewies, daß redlich
handeln die vortheilhafteste Staatskunst sei,
anstatt daß ein Gewebe von Ränken nur
eine Zeit lang gelingt und endlich ohnfehl
bar die Verachtung und den Abscheu aller
Völker gegen den Betrüger vereinigt. Nie
ward von ihm die Heiligkeit der Verträge
beleidigt, nie die geszmässige Verfassung ir
gend eines Staats untergraben. Er erlaubte
sich nie Unterdrückte zu verfolgen, um dem
Mächtigen zu schmeicheln, sich zum Sieger
zu gesellen, um die Beute des Ueberwunde
nen zu theilen; sondern er dachte und han
delte am Ruder des Staats, wie ein tu
gendhafter Mann in der bürgerlichen Gesel

schaft

ſchaft zu denken und zu handeln gewohnt iſt.
Er glaubte nicht, daß ein glänzender Endzweck einen ungerechten Schritt entſchuldi-
gen könne, nicht, daß unter Königen eine
andere Rechtſchaffenheit gelte, als unter den
niedrigſten Erdbewohnern. Wenn man gegen ihn treuloſe Künſte verſuchte, ſo verei-
telte er ſie durch ſeine Klugheit. Denn, ſo
ſehr er die Staatskünſtelei verachtete, ſo
ſahe er doch ihre Finſterniſſe durch. Er vermutete die Urſachen und verkündigte die Folgen mancher dunkeln Begebenheit, noch ehe
ſie ſich ganz entwickelt hatte. Oft ermun-
terte ein kleiner Vorfall ſeine ganze Geſchäf-
tigkeit, und noch öfter blieb er ruhig, wann
nach dem Urtheil des großen und kleinen
Pöbels ein Ungewitter aufzog.

Alle Kräfte, die Europa zerrütten, oder
sie es beruhigen konten, die Macht und
Ohnmacht seiner Völker und Fürsten, hatte
Bernstorf durch eine lange Erfahrung zu
verläßig zu schäzen und zu vergleichen gelernt.

Das Verdienst eines Staatsmannes ist
alsdann ohne Widerspruch entschieden, wann
der Hof, dem er dient, auch mit weniger
Gewalt, unter den mächtigsten Höfen, eine
ehrenvolle Stelle behauptet, wann man seine
Wünsche unterstüzt, wann man ihm mit
Achtung und Würde begegnet. Dännemark
hatte unter Bernstorfs Verwaltung mehr
Einfluß, als zu irgend einer Zeit, in die
größten Angelegenheiten der Welt. Selbst
Staaten suchten seine Freundschaft, die kein
natürlich Interesse dazu antreiben konte;
des Königs Stimme war ehrwürdig, auch

an

an größeren Thronen; sein Rath wurde nie ohne Achtung gehört und gab öfters zum Wohl fremder Völker den Ausschlag.

In einem bedenklichen Zeitpunkt des Krieges, der vor wenig Jahren Europa verheerte, wählten zwei mächtige Heere Dännemark zum Mitler, um einen Vergleich zu stiften, der damals für den Einen Theil wichtig werden konte, hätten ihn nicht Ferdinands Siege, noch ehe er zu Stande kam, überflüßig gemacht. In den polnischen Unruhen hat das Vorwort dieses Hofes die Rechte der Dissidenten mit erwünschtem Erfolg unterstüzt; und zwei dänische Minister in Würtemberg haben unter den Ständen und ihrem Fürsten eine glückliche Aussöhnung vorbereitet. —

Erster Theil.   B   Bern:

Bernstorf stiftete nicht Bündnisse allein,
sondern Freundschaften unter Monarchen.
Ich nenne die Verbindung zwischen Rußland und Dännemark mit diesem, unter den
Großen der Erde so ungewöhnlichen, Namen, denn kein anderer drückt so bündig die
Gesinnungen der unsterblichen Kaiserin aus,
welche über große Geschäfte des Staats alle
Empfindsamkeit ihres menschenfreundlichen
Herzens verbreitet.

So lange Friedrich regierte, war ganz
Europa mit Dännemark einig; dies Reich
genoß einer ungestörten Ruhe. Hätte Friedrich den Ruhm, der Königen schmeichelt,
Eroberungen mehr als das Glück seiner Unterthanen geschäzt: so fehlte es in dem
leztern Kriege nicht an Veranlassungen und
glücklichen Aussichten. Es war beinahe sei

ner

ner Wahl überlaſſen, auf welche Art er die allgemeine Zerrüttung zu ſeinem Vortheile nüzen wolte. Trat er gegen Preußen auf der Verbundenen Seite, ſo gab er vielleicht der Uebermacht den Ausſchlag, und konte Belohnungen fordern, die alle Wünſche des Eigennuzes befriediget haben würden; war er mehr von der Ehre gereizt, dem Unterdrückten zu Hülfe zu eilen, ſo war auch da der Preis des Sieges nicht fern; und es iſt endlich Zeit, riefen ſelbſt Patrioten, daß Dännemark nach einer langen Ruhe ſich wieder in den Waffen übe. Ein beſtändiger Friede entnervt die Nazion, und nur in den Stürmen des Staats erheben ſich mächtige Seelen, deren Beiſpiel wieder ein ganzes Menſchenalter hebt. Aber Friedrich liebte ſein Volk. Der Gedanke, daß der Tod

vieler

vieler Tausende eben so viel sanfte Bande
der Menschlichkeit trenne, wog in seinem
Herzen alle Scheingründe des Ehrgeizes auf.
Er strebte nicht nach Verdiensten, die nur
ein allgemeines Elend entwickelt; er dachte
groß genung, um lieber weniger zu glänzen,
als weniger wohlthätig zu sein. Er haßte
den Krieg, ich darf es zum Ruhm seines
Herzens gestehen; aber ganz Europa war
Zeuge, daß er ihn nicht gefürchtet hat.
Denn wir sahn ihn einem sieggewohnten
Volk entschlossen entgegen eilen, als es
darauf ankam, die Ehre seiner Krone zu
behaupten, und selbst Bernstorf trat dieser
edlen Entschließung mit einer feurigen Thätigkeit bei, so mächtig er auch von dem ganzen Gefühl der bedenklichen Folgen durch-
drungen war. Bernstorf hat also seiner

Meis

Neigung zum Frieden nie größere Pflichten geopfert, und er, der Verdienste ums Vaterland mit einer warmen Empfindlichkeit ehrte, verdient den ungerechten Vorwurf nicht, daß er den Soldatenstand angefeindet habe. Es ist wahr, er unterschied die hohen Pflichten dieses Standes von den Forderungen einzelner Glieder desselben, die, durch Leidenschaften und Vorurtheile verleitet, gleich jeden Hof zum Lager, und jedes Volk zum Heer umschaffen mögten. Er glaubte, daß es Dännemark weniger, als irgend eine andere Macht, nöthig habe, unter einer beständigen Rüstung zu wachen, da es durch Meere, die mit einer ehrwürdigen Flotte bedeckt sind, von fremden Eroberern getrennt wird, da sein Erbrecht durch eine Folge von Jahrhunderten heilig ist, da dieser Staat

nicht

nicht aus Trümmern anderer Staaten be‐
steht, die, durch Gewalt unterworfen, auch
durch eine fortgesezte Gewalt behauptet wer‐
den müssen.

Bernstorf schlummerte darum nicht bei
nahen und fernen Gefahren; und seine Für‐
sorge schränkte sich nicht auf die Zeit seiner
Staatsverwaltung ein, sondern auch für
eine lange Zukunft wolte er Dännemark ei‐
ner dauernden Ruhe versichern.

Darum arbeitete er mit immer gleichem
Eifer an einer Vereinbarung mit Rußland,
um den unglücklichen Zwist in Norden, und
die Ansprüche eines Zweiges des holsteini‐
schen Hauses auf ewig zu entscheiden. Alle
Hindernisse reizten seinen Fleiß, und er er‐
müdete nicht, so oft auch seine Hofnung ei‐
nes glücklichen Ausgangs getäuscht ward.

Ein

Ein Vertrag, der angefochtene Rechte be=
stätigen, die selbstständige Macht von Dän=
nemark erhöhen und einen künftigen Krieg
abwenden konte, schien ihm der Triumph
seines mühsamen Lebens und die höchste Be=
lohnung einer segnenden Vorsehung zu sein.

Es war nicht in ihrem Rathschluß, daß
Bernstorf den Tag sehen sollte, der der
schönste seines Lebens gewesen sein würde,
an welchem Catharina, die wohlthätigste un=
ter den wenigen Grossen, deren Uebermacht
die Erde beglückt, ihrer Zeit und der künf=
tigen Frieden verlieh, als sie, unter Sie=
gen, wohin ihr die Geschichte kaum folgt,
im Osten Königreiche zurükgab, im Norden
Provinzen austheilte; und alle Zweige ihres
Heldenstamms durch ein neues Band der
Großmut vereinigte. Aber Bernstorf ver=

dient

dient darum nicht weniger der Nachkommen
Dank. Denn er hat das große Geschäft
eingeleitet, und auch bis auf die Erfüllung
der Zusagen vollendet. Der Traktat war
schon bei seinem Leben geschlossen, nur
konte man ihn nicht ohne die gesezmäßige
Beistimmung des rußischen Thronerben und
des Erbprinzen von Dännemark vollziehn,
deren erste Handlung als Fürsten eine Handlung der Großmut und Menschenliebe war,
denn sie opferten willig eigene Vortheile dem
allgemeinen Wohl auf. *)

Bernstorf hat also den Baum gepflan-
zet, gewartet und begossen, der nun ein
gerettetes Menschengeschlecht gegen Stürme
beschüzt und durch seinen Schatten erquickt.
Wär

*) Der Erbprinz Friedrich entsagte der Koadju-
torschaft von Lübeck.

Wär ihm nie ein ander Unternehmen gelungen: so müßte ewig sein Name in der
Geschichte von Dännemark leuchten. Aber
wenn es der wichtigste Dienst dieser Art war,
so war es doch der einzige nicht; denn auch
das Herzogthum Ploen hat er durch Verträge mit der Krone vereinigt.

Das Verdienst eines Ministers in auswärtigen Geschäften bleibt oft, wie die Geschäfte selbst, ein Geheimniß; aber alles,
was er im Staat anordnet, geschieht vor
den Augen der Nazion, und noch heller
stralte hier Bernstorfs Menschensegnende
Tugend; hier kam es unmittelbar auf das
Glück der Unterthanen an, und jede Ver-
fügung trug das Gepräge seines Herzens.
Dennoch verstand er es, so wenig als irgend ein Sterblicher, allen Launen zu

                    schmei-

schmeicheln, und widersprechende Wünsche
zu vereinigen, und man hat seine Verwaltung oft mit aufrichtigem Unverstand, öfter
mit voreiligem Leichtsinne getadelt. Es sei
mir erlaubt, über den allgemeinen Vorwiz,
Minister zu richten, meine Gedanken zu
äussern. Erwägt man es auch genung, was
es sei, eine so verwickelte Einrichtung, als
es jede Staatsverfassung ist, dieses weitläuf-
tige Räderwerk, mit einem Adlerblick durch-
zuschauen, gegen einander würkende Kräfte
zu einer Absicht zu lenken, in dem Gedränge wichtiger Geschäfte nie die Wage des
Rechts, nie den Faden der Ordnung zu ver-
lieren, gerecht ohne Härte, gütig ohne
Schwachheit zu sein, ferne Stürme abzu-
wenden, neue Segensquellen zu öfnen,
Königen zu rathen, Länder zu beglücken?

Alles

Alles das wird von dem Staatsmanne gefordert. Aber die Kunst zu regieren ist nicht auf untrügliche Grundsäze gebaut; sie besteht aus einer Menge dunkler verworrener Aufgaben, die bei jeder Veränderung der Zeit und der Umstände anders bestimmt, anders aufgelöset werden müssen. Selten läßt sich eine Würkung zuverläßig berechnen; zuweilen ist es bloß Gefühl des Genies, die besten Maasregeln zu wählen, oft nur ein Zufall, wann sie gelingen. Die weisesten Entwürfe, wenn der Erfolg sie vereitelt, werden Tharheiten ähnlich. Es giebt keine Handlung, auch des größten Ministers, die ein Gleichgültiger nicht zum Fehltritt, die ein Feind nicht zum Verbrechen deuten könte; und wären wir auch über allgemeine Forderungen einig, so kennen wir doch,

dieſſeits des Vorhangs, alle Hinderniſſe
nicht, die den Staatsmann in ſeiner Thätigkeit feſſeln. Wir wiſſen vielleicht, daß er
von Verhältniſſen abhängt; aber wir entdecken nicht alle Gelenke der Kette vom Hofe
herab durch Departementer und Familien;
uns ſind mancherlei Kräfte des Widerſtands
verborgen, die alle nach verſchiedenen Rich-
tungen würken; wir kennen weder die
Schwachheit der Freunde eines Staatsmannes, noch den Grad des Einfluſſes ſeiner Neider. Ja ſelbſt in der Nähe des
Throns, mit allen dieſen Geheimniſſen vertraut, ſind wir zum Urtheilen nicht immer
fähig, oder unpartheiiſch genug. Erziehung,
perſönliche Verbindungen, Geſchäfte und
Schickſale des Lebens bilden unſere Art zu
ſehen und zu empfinden. Wir erheben uns

ſere

ſerte Vortheile zu Maximen, und hiernach verdammen oder billigen wir. Noch iſt ein Staatsmann glücklich zu preiſen, der keinen Tadel ſchlimmerer Art, als dieſen, erfährt. Aber es giebt in jedem Staat einen miß-vergnügten Haufen, der weniger ehrwürdig iſt, der jeden Schritt der Regierung mit einem dumpfen Getöſe begleitet, und ſich nie einen Laut des Beifalls erlaubt. Es giebt furchtſame, kränkliche Seelen, denen alles landverderblich vorkömmt, was von der Weiſe ihrer Väter abweicht. Andere zürnen, daß man ihren Rath nicht begehrt, daß man ihre Talente nicht auffordert; ſie wollen durchaus im Gedränge bemerkt ſeyn, wär es auch nur durch ihre Klagen.

Endlich ſo herſcht zwiſchen dem Miniſter und dem Höfling ſelten ein gutes Verneh-

men,

men, weil der Mann, der sich fühlt, dem
Geschöpfe der Gunst nicht huldigt, das sich
zwar um ein Band zu seinen Füssen windet,
aber schnell, auf den neuen Puppenstaat
stolz, sich über seinen engen Ideenkreis auf
bläht, und Geschäfte, die ihm ganz unver
ständlich sein müssen, mit einer abentheuer
lichen Dreistigkeit meistert.

So verächtlich auch manche dieser Ur
theile sind: so samlen sie sich doch nach und
nach zum Gewimmer, das durch die Nazion
wiederhallt und den Pöbel im Palast und in
der Hütte übertäubt; und nur die klagende
Stimme, nur das Seufzen der Unzufriede-
nen wird gehört, denn der Glückliche schweigt
und glaubt den Erfolg seiner Wünsche seinem eigenen Verdienste schuldig zu sein;
und die größere Zahl ist ein leichtsinniger

Hause,

Haufe, der sich ohne Gründe zum Lob und ohne Gründe zum Tadel bestimmt. Darum hat so selten ein verdienstvoller Mann bey seinem Leben des Dankes genossen, der seiner Tugend gebührte; darum wurden Colbert und Sully gehaßt, mitten unter der Arbeit ihrer ewigen Thaten. Auch Bernstorf entrann diesem Schicksal nicht immer. Ich behaupte seine Unfehlbarkeit nicht; aber man sollte große Männer mit mehr Bescheidenheit richten, deren Einsicht und Tugend unsere Ehrfurcht verdient, und deren Irrthümer ausser unserm Augkreise liegen.

Unter den Vorwürfen, welche man Bernstorf gemacht hat, ist jedoch einer, der eine nähere Betrachtung verdient; denn auch Redliche haben ihn oft wiederholt, und er schallt noch zuweilen um sein Grab. Er hat

hat nemlich, wie man behauptet, alle Arten der angenehmen Emsigkeit, alle Künste des Geschmacks und des verfeinerten Lebens, über das Vermögen des Landes, ermuntert; er hat in Dännemark die Ueppigkeit eingeführt, sie begünstiget und ausgebreitet.

Die Beschuldigung hat unter dem nordlichen Himmel immer ein patriotisches Ansehen. Die Natur fesselt Menschen und Sitten an das innere Vermögen ihrer Erde, und diese hat dem dänischen Volke nicht Gold, sondern Eisen verliehen. Ihre Väter entbehrten der Erfindungen unserer Zeit, der Wollüste südlicher Sklaven; dahingegen waren sie tapfer und stark. Ihre Kleidung und Speise war die Beute ihrer Jagd, und sie segelten unter Stürmen immer neuen Siegen entgegen.

Aber

Aber die Welt ist der Welt unserer Väter nicht mehr ähnlich. Damals war kriegerische Tugend das einzige Verdienst der Nazionen. Die nordliche Halbkugel war von lezter Wissenschaft erleuchtet, und gegen einzele grosse Thaten, die darum heller glänzten, weil sie im Finstern erschienen, war die Erde mit Lastern und Verwüstung bedeckt; ein Zustand, der unsern Neid nicht verdient.

Wär indessen noch jezt ein Land von allen andern durch unwegsame Grenzen abgesondert; hätten seine Bewohner nie die Lüste fremder Völker gekostet und nie, mit neuen Kenntnissen, auch neue Begierden erworben: so hätte freilich kein Luxus der erleuchteten oder verdorbenen Völker ihre Hütten erreicht; und die Frage mag den Wiz eines Sofisten beschäftigen, ob ein sol-

　　　ches

ches Volk nicht glücklicher, als ein gesittetes, sei?

Aber sobald der Sofist vergleicht und empfindet: so söhnt er sich wieder mit der allgemeinen Vernunft aus. Ihm grauet alsdann vor dem Ideal seiner Welt, das noch in mancher Insel des Südmeers übrig ist, wo Geschöpfe, wie Menschen gestaltet, keine andere als thierische Bedürfnisse fühlen, und wann diese befriedigt sind, nicht aus ihrer Felsenkluft kriechen. Alle Kräfte des geselschaftlichen Lebens haben sich schon lange vereinigt, um ein so dürftiges Glück von der veredelten Erde zu treiben. Die Neugier, das Verlangen nach Reichthum und Ruhm, die Wissenschaften und der Handel haben unter fernen Nazionen einen vertraulichen Umgang gestiftet, und Erfindungen,

gen, Bequemlichkeiten, Neigungen und
Sitten in einen allgemeinen Umlauf gesezt.
Ein Volk unterrichtet das andere und zün=
det seinen Wetteifer an; einigen verleiht die
Natur ohne Mühe, was andern ihr Fleiß
nur sparsam gewährt; alle streben nach dem
Grade der Glückseligkeit, den die Vorsicht
wenigen zugetheilt hat.

So bildet sich endlich, langsamer oder
schneller, der Geist aller Völker; der Strom
rauscht unaufhaltsam daher und droht nicht
immer mit Verwüstung, sondern kündigt
Fruchtbarkeit an, wenn ihn nur ein kluger
Staatsmann in die rechten Kanäle zu lei=
ten versteht, wenn er die Neigung zum
Vergnügen, diese Urkraft alles menschlichen
Bestrebens, zur Triebfeder eines nüzlichen
Fleißes anwendet, wenn er ein ermunter=

 tes

tes Volk dahin leitet, daß es sich aus den Fesseln fremder Thätigkeit reißt, und selbst seines Glückes Schöpfer wird.

Der Luxus, der dadurch veranlasset oder genährt wird, ist kein Uebel, sondern die höchste Gesundheit des Staats, dessen Nerven ihre äußerste Federkraft üben. Alsdann stockt der Nahrungssaft nirgends, keine Materie bleibt unnüz, weder Kinder noch Greise sind müßig, der Geschmack reift, der Verstand klärt sich auf, die Künste veredeln die Natur, die Wissenschaften mildern die Sitten, die Menschlichkeit und der Duldungsgeist gehn aus den Zimmern der Weltweisen hervor und nähern sich dem Thron, das Land wird verschönert, der Einwohner erleuchtet.

Freilich droht auch mitten im Wohlstand ein künftig Verderben: je mehr ein Volk seine Begierden und ihre Befriedigung verfeinert, je mehr es im Frevel des Wizes und im Kennergeschmack sinlicher Freuden zunimt; je mehr verliert es an Würde der Sitten, an Stärke der Seelen, und je schneller eilt es dem Untergange zu: aber man kämpft umsonst gegen das Schicksal aller Staaten, welche die Vorsehung, wie die ganze Natur, durch ähnliche Perioden, von der Blüte zur Reife, von dieser zum Verwelken und Abfallen führt, und endlich, zur Nahrung einer neuen Entwickelung, im allgemeinen Chaos begräbt.

Nur fragt man, ob wir nicht berechtiget sind, von der Weisheit der Regierung Mittel zu erwarten, um eine so traurige Epoke

zu entfernen? und ob es in ihrer Macht
nicht steht, der Ueppigkeit Gränzen zu sezen,
wenn sie auch ihrem Einbruch nicht wehren
kan? Allerdings. Damit aber keine nüz
liche Verfeinerung, kein zuläßiger Genuß
aus kleinmütiger Furcht ungewisser schädli
cher Folgen, zugleich mit verdrängt werde,
komt es vorläufig auf die schwere Bestim
mung an, was schädlicher Luxus sei? Ein
Begriff, der in verschiedenen Zeiten und
Staaten, nicht ein Menschenalter durch,
der nämliche bleibt. Unsre Väter fanden eine
Pracht unter Fürsten gefährlich, die nun ohne
Nachtheil des Staats zum Bürger herabge
sunken ist. Ein Einwohner von London
und Paris findet in keiner nordischen Haupt
stadt ein üppiges Leben; auch ist es unge
wiß, welchen Grad des Wohllebens sich end

lich

lich selbst ein von der Natur wenig begünstigtes Volk erlauben darf, wenn alle seine Kräfte zweckmäßig arbeiten.

Ein Staatsmann verfehlt zuverläßig den Endzweck, wenn er allzustreng gegen einzele Beispiele der Ueppigkeit eifert, deren Würkung im Ganzen vielleicht unmerklich ist: aber das Buch der Nazion mit allen handelnden Völkern muß offen vor ihm liegen, er muß ihr Vermögen gegen den Reichthum andrer zu berechnen, er muß richtig zu beurtheilen verstehn, was ihr, unter verschiedenen Zeiten und Umständen, vergönnt werden kan, und was ihr versagt bleiben muß. *)

C 4

Und

*) Wiewohl auch diese Künstelei vielleicht nur als Wehrmittel nothwendig ist; so lange die

Haub-

Und so hat auch Bernstorf Geseze gegen
ein so gefürchtetes Uebel veranlaßt. Man
hat fremde Waaren und Erfindungen der
Ueppigkeit entweder ganz untersagt, oder
doch mit hohen Abgaben beschwert, und dadurch der Verschwendung des Staats im allgemeinen gesteuert; aber der eifrige Patriot
ist damit noch nicht zufrieden. Er fordert
Prachtgeseze; er verlangt nichts geringers,
als

Handlungspolizei und Staatsökonomie der
reichsten Nationen ausschließenden neidischen
Grundsäzen folgt, und sich gegen das Eindrin-
gen fremder Thätigkeit durch eine Menge ver-
wickelter Geseze verschanzt, so müssen andere
nachahmen, um nicht allzu abhängig zu werden. Es dürfte wohl nicht schlimmer in der
Welt aussehn, wenn mehr allgemeine Freiheit
im Handel herschte, denn alsdann würden nur
Fleiß und Geschick den Vorzug bestimmen.

aß über die Sitten zu herschen; die Kleidung, die Wohnung, die Lebensart des
Volks soll durch Verordnungen eingerichtet
werden.

Wenn eine solche Enthaltsamkeit kleinen
Republiken heilsam ist, die nur durch eine
strenge Sparsamkeit dauern: so folgt ein
größerer Staat billig andern Grundsäzen,
und eine ganze Nazion kan nicht wie ein
Haufen Mönche behandelt werden, oder
man meidet ein Land, wo so mancher Genuß unerlaubt ist; den keine Tugend miß-
billigt; und wo auch ein unschuldig Vergnügen den Eigensinn der Geseze fürchten muß.

Gegen alle Verordnungen dieser Art hat
sich immer Bernstorf erklärt. Auf dem müh-
seligen Pfad dieses Lebens sind wir schon unter so viel erkünstelte Pflichten gebeugt, daß

 ein

ein solcher Zwang unerträglich werden würde. Wo ist noch ein Schatten von Freiheit, wenn auch in unsern Hütten und bei unserm häuslichen Mahl ein Strafgesez droht, wenn auch da die Sklavenfessel klirrt?

Dafür gab er, wie sein König, ein Beispiel, das mächtiger auf die Sitten des Volkes würkt, als Vorschriften. Friedrich der fünfte lebte an seinem Hofe nicht prächtig, und Bernstorf hat durch seinen Wandel gezeigt, daß sich die Neigung zum angenehmen Leben auch mit der reinsten Tugend vertrage. Er hat den Luxus befördert, in so fern er Dännemark glücklich machte, doch war es nicht Endzweck, sondern Folge, die von einem größern Wohlstand und einer geläuterten Empfindung des Schönen unmöglich getrennt werden kan.

Auch

Auch ein Patriot und ein Weiſer darf wünſchen, daß ein ſolcher Luxus noch mehr zunehmen möge; denn bis jezt iſt er allein in die Mauern der Hauptſtadt eingeſchränkt, wo Ehrgeiz, Rangſucht und Begierde zu glänzen zu einer Prachtliebe reizen, die ſel ten würklichen Reichthum anzeigt.

Nur um innerlichen allgemeinen Wohl ſtand durch eine größere Thätigkeit auszu breiten, ſezte Bernſtorf alle Kräfte der Na zion in Bewegung. Darum hat er ver jährten Vorurtheilen getrozt und dem Dank ſeiner Zeitgenoſſen entſagt; darum rief er Fremde nach Dännemark, und belohnte ihre Talente mit Großmut. Wer dieſe Hand lungsart tadelt, überlegt nicht, daß eine all zufrühe Selbſtgenügſamkeit, wie der Aber glaube, an die Mittelmäßigkeit feſſelt; daß

es

es einerlei ist, ob man die Künste des Ke-
zers verabscheut, oder die Erfindungen des
Fremden verachtet; daß ein kluges Volk
Weisheit holt, wo man sie findet, und sich
nicht schämt zu lernen, wenn es den Mut
fühlt, seine Lehrer zu erreichen. *)

Ich kann einräumen, daß Bernstorf sich
oft in manchen seiner Entwürfe in der Ausführung irrte; daß ihn zuweilen Betrüger
hintergingen, weil er gern an die Redlichkeit
glaubte; daß er, voll von dem Gedanken
eines nüzlichen Anschlags, Besorgnissen weniger als Hofnungen nachhing, und nicht
immer Schwierigkeiten strenge genung erwog;

*) Darum sind auch in der Indigenatsverord-
nung Lehrer und Künstler ausgenommen, und
der König hat sich, bei wichtigen Fällen, noch
andere Ausnahmen vorbehalten.

wog; daß er, um ein gutes Werk mit Nachdruck zu befördern, oft freigebiger, als sparsam, mit den Mitteln des Staats war. Ich
gebe zu, daß ihm der levantische Handel,
die afrikanische Kompagnie,*) und manche
Fabriken mißglückten; aber der Werth allgemeiner Anstalten wird nicht durch das
Schicksal einzeler Versuche, sondern durch
ihre Würkung im Ganzen, entschieden. Es
kömt nicht darauf an, ob sie sämtlich gelingen, sondern ob ihr Endzweck die Wohl-
fahrt des Staats war? ob sie mit den Fähigkeiten der Nazion übereinstimten? ob
die Thätigkeit derselben in dem Gleise ermuntert wurde, den ihr die Natur vorgezeichnet hat? Das nur ist die Frage des

Weisen,

*) Die er nur fortgesezt, nicht eingerichtet
hat.

Weisen., und hierüber allein muß sich Bern:
storf verantworten.

Bei Unternehmungen, die erst in Jahr:
hunderten reifen, darf man nicht gleich
Früchte begehren, nicht gleich Einkünfte for:
dern. Erst die Nachwelt wiegt mißlungene
Versuche gegen die Folgen der glücklichen ab,
und wer für die Ewigkeit arbeitet, kan nicht
mit seinen Zeitgenossen rechnen.

Für die nordischen Völker sind Gewerbe
zur See ein Beruf der Natur, denn sie sind
von Jugend auf mit ihren Gefahren ver:
traut; darum begünstigte Bernstorf jeden
wahrscheinlichen Entwurf, die Schiffahrt aus:
zubreiten; darum hat er den Handel, der die
Schiffahrt nährt und belohnt, in allen Gegen:
den der Erde versucht. Er erlebte die Freu:
de, daß Dännemark seine Geschäfte immer

mehr

mehr unmittelbar trieb, und sich aus der Gewalt eigennüziger Unterhändler riß. Es hörte zu seiner Zeit auf, den Hanseestädten zinsbar zu seyn; es holt nun seine Bedürfnisse selbst aus allen Häfen der Welt, und Norwegen führt seinen Ueberfluß auf eignen Schiffen fremden Käufern zu. Auch die Frachtschiffahrt nahm unter seiner Verwaltung durch seine Aufmunterung zu. Die dänischen Seefahrer hatten sich im leztern Kriege das Vertrauen aller Völker erworben. Sie unterhielten, unter dem Schuz der Neutralität, die zerrissenen Bande der Menschlichkeit, und brachten dem Vaterlande jährlich nicht viel weniger als eine Million fremden Geldes, und zur See geübte Landeskinder zurück. Diese Schiffahrt würde belohnender sein, wenn sie ohne die Freund-

schaft

schaft der Barbaren möglich wäre, die schon zu lange eine ruhmlose Handlungseifersucht gegen die vernünftige Rache aller Völker geschüzt hat.

Kein Zweig des Fleißes hat sich schneller in dieser Zeit ausgebreitet, als der westindische Handel. Die dänischen Inseln dieses Welttheils schmachteten unter der auszehrenden Gewalt einer Kompagnie, die gemeiniglich ihre Kolonien wie eroberte Länder behandelt, und sich mit keiner Ernte begnügt, sondern Beute verlangt. Der Zuckerbau gieng langsam von statten, und der größte Theil dieser freigebigen Erde lag unbevölkert und öde, als Friedrich der fünfte sich zur königlichen Handlung ohne Beispiel entschloß, der Gesellschaft ihr ausschließendes Recht abzukaufen und seinen Unterthanen die Freiheit dieses

ses Handels zu verleihen. Nun erwachten
die verschloßnen Kräfte der Natur; die Freiheit goß ein neues Leben in die Geschäftig-
keit der Kolonisten und der Kaufleute des
mütterlichen Landes. Der Anbau und die
Ausfuhr nahmen verhältnißmäßig zu. Von
vier mit Zucker beladenen Schiffen, die man
jährlich in Dännemark einlaufen sah, ist
die Anzahl bis auf funfzig gestiegen; anstatt daß sonst kaum die Hauptstadt versorgt
war, versieht sie nun schon mit ihrem Ueberfluß manche Handelsstädte des baltischen
Meers.

Auf Manufakturen wandte Bernstorf
zwar eine unermüdete Aufmerksamkeit, aber
mit abwechselndem Glücke; denn es ist ein
undankbares Unternehmen gegen den Ruf
geübter Fabriken zu kämpfen, oder es müssen

sie mächtige Revoluzionen aus einem Lande in das andre drängen. England und Deutschland sind ihre besten Fabriken den französischen und spanischen Verfolgungen schuldig. Ein glücklicher und geachteter Künstler verläßt sein Vaterland nicht, und dürftige Ueberläufer verdienen selten, daß sie ein ander Land aufnimt, oder Auslagen mit ihnen auf ein ungewisses Spiel sezt.

Wenn nun auch die erste Materie mangelt, wenn das Land weder Meister noch Werkzeuge liefert, und sich der ganze Gewinst auf Arbeitslohn einschränkt, alsdann ist der Endzweck nicht wichtig genung, und die Natur scheint dem Lande diese Gattung des Fleißes untersagt zu haben.

Dennoch hat Bernstorf einige dieser Hindernisse glücklich überwunden. Manche Ma-

nufak

nufakturen haben sich, an innerm Werth
und äusserer Schönheit, den fremden genä-
hert; wenigstens ist ein Saame ausgestreut,
der zu künftigem Segen reifen kan.

Alle Fabriken wären, glaubt man, besser
gelungen, hätte man sie nicht in der Hauptstadt angelegt, wo die Bedürfnisse des Lebens allzu theuer sind; aber man sollte sich
aus der Geschichte belehren, daß Manufakturen, sobald sie Geschmack und Schönheit erfordern, immer in grossen Städten
entstanden sind. Da nur ist Wetteifer, Los
des Kenners und Belohnung der Reichen.
Wenn nun gar die Regierung die Kosten
allein trägt; wenn sie den Fabrikanten
durch Preise, durch ausschliessende Rechte
und Vorschüsse begünstigt: so muß es unter
ihren Augen geschehn. In einem mit Was-

ser

ser umflossenen Lande, dessen Küsten nicht
alle bewacht werden können, ist es leicht,
fremde Arbeit einzubringen, sie für Pro=
dukte einer inländischen Manufaktur auszu=
geben und derselben unverdiente Befreiun=
gen und Preise zuzueignen, noch leichter, im
unbeobachteten Müßiggang den Vorschuß
des Staats zu verschwenden. Anders ver=
hält es sich freilich mit Manufakturen, die
sich von selbst in einem unfruchtbaren, aber
stark bevölkerten Lande bilden; alsdann wird
die Armut die Mutter eines erfinderischen
Fleisses, der besser als die weisesten Anstal=
ten gelingt und sich selten von seinem Ge=
burtsort entfernt. Aber der Ackerbau, die
Fischerei und die Schiffahrt können noch
keine Hände in Dännemark entbehren. Je=
des Volk wendet sich in der Ordnung der

Dinge

Dinge nur dann erst zur künstlichen Indus
strie, wann die Natur ihre Wohlthaten wei=
gert. So lang es noch seine Nahrung der
Erde und dem Meer abgewint, läßt es sich
nicht an den Weberstul fesseln, sondern zieht
einen mit Freiheit und Gesundheit verbun=
denen Beruf einer kränklichen und einförmi=
gen Lebensart vor.

Die Künste fanden in Bernstorf einen
Beschüzer, die Wissenschaften einen Kenner
und Belöhner. Sie wandeln immer Hand
in Hand und veredeln den Genuß und das
Glück unsers Lebens. Er verband um ih=
ren Flor zu befördern, seine Bemühung mit
dem Eifer des Staatsmannes, den sein Kö=
nig wie einen Freund geliebt hat, und der *)
(die Mißgunst leugnet es nicht) seine Macht

D 3 nur

*) Der Graf von Moltke.

nur um wohl zu thun übte. Der Einigkeit dieser beiden Minister hat die Nazion den schnellen Fortgang ihres Geschmacks zu verdanken. Die Akademie der Künste, eine Einrichtung zur Ausbreitung der natürlichen Geschichte, und die botanischen Anstalten wurden gestiftet. Saly und Chardin wurden königlich belohnt, sie, die ganz von dem Geiste des Alterthums genährt, auch in der schönsten Zeit von Italien geglänzt haben würden. Ihr Unterricht hat würdige Schüler gebildet, und ihre Werke lehren die Nachkommenschaft.

Klopstock und Cramer und von Berger, der Arzt, oder nenn' ich ihn lieber mit einem mir viel theurern Namen Berger, der Freund aller leidenden Menschen, wurden sämtlich durch Bernstorf gerufen, von ihm

geliebt

geliebt und durch seinen König belohnt.
Niebuhr ward durch seinen Schuz aufgemun-
tert, den Verlust seiner unglücklichen Reise-
gefährten durch sein bescheidenes Werk zu er-
sezen. Auch wichtige Unternehmungen auswärtiger Gelehrten hat Bernstorf unterstüzt,
denn die Sache der Wissenschaften ist ein
allgemeines Geschäft der Menschlichkeit. Er
unterhielt mit den berühmtesten einen beständigen Briefwechsel, und schritt mit den Kentnissen seines Zeitalters fort. Unter dem Gedränge seiner täglichen Pflichten gewann er
Zeit, wichtige Werke mit der Aufmerksamkeit eines Kunstrichters zu lesen. So hat er
Klopstocks Hermann, noch eh' er gedruckt
ward, geprüft, und Schlegels Geschichte der
Könige des oldenburgischen Hauses im Ma-

D 4 nuscript

nuscript mit eigenhändigen Anmerkungen begleitet.

Auch der Lieblingsgedanke unsers Jahrhunderts, die Verbesserung der Schulen, war
eine Angelegenheit seines Herzens; aber
dies ist nicht die Arbeit nur Einer Regierung,
nicht Eines Jahrhunderts, und es scheint
nicht, daß ein völliger Umsturz vorhandener
Verfassungen das Geschäft erleichtert. Jede
Verbesserung der gesellschaftlichen Ordnung
schreitet nicht durch Sprünge, sondern staf-
fenweise fort, und kämpft lange mit den
Vorurtheilen und den Umständen der Zeit.
Durch Statuten wird etwas, aber wenig,
gefördert; denn wer kan Weisheit und Tugend verordnen? Es ist nicht genung, Lehr-
rer zu erleuchten, auch die Eltern müßten
erst mehr aufgeklärt sein, damit nicht der

häus-

häusliche Eindruck die Würkung des Schul-
unterrichts schwäche, damit nicht eine Kraft
die andere zerstöre. Bernstorf that wenigstens einzele Schritte und bereitete grössere
Entwürfe vor, deren Ausführung einer
künftigen Welt vorbehalten bleibt.

Noch war er mit einem Geschäfte beladen, das selten der Mächtige wählt, und
das ihm gewiß der Neid nicht mißgönnte,
ich meine die Aufsicht über die Versorgung
der Armen. Ihre Seufzer dringen nicht in
die Paläste der Großen, oder diese wenden
ihr beleidigtes Ohr weg. In Hospitälern,
die oft mehr der Ehrgeiz, als das Mitleiden
stiftet, wohnt ein glänzendes Elend; stolze
Aufseher schwelgen, und die eingesezten Erben verschmachten. Aber das Hospital, welches Friedrich stiftete, und Bernstorf und

 Berger

Berger eingerichtet haben, befriedigt die
Wünsche des Menschenfreundes; Kranke
werden daselbst mit einer so wohl geleiteten
Sorgfalt verpflegt, daß Begüterte von allen
Ständen die Wartung dieses Hauses der
Pflege ihrer eigenen Familie vorziehn. Hier-
mit ist eine Anstalt zur unentgeltlichen Ge-
burtshülfe verbunden, welche die Fehltritte
der Menschlichkeit verbirgt, und dem Staat
manchen tüchtigen Bürger erhält. Auch das
Erziehungshaus in Christianshaven, das
dem Unterricht dürftiger Knaben in bürgerlichen Kentnissen gewidmet ist, war in Königs Friedrichs Regierung eingerichtet, und
Christian der Siebende hat alle diese wohlthätigen Anstalten durch das allgemeine
Hospital unter Bernstorfs Verwaltung vermehrt.

Ich

Ich könte nächst nach den königlichen Wohlthaten Bernstorfs eigne Freigebigkeit rühmen, denn er theilte mehr als seinen Ueberfluß aus; aber ich will die Geheimnisse der Menschenliebe nicht verrathen, die er sorgfältig dem Auge der Welt, und nicht selten dem geretteten Elenden, verbarg. Es ist auch kein Beispiel, das zur Nachahmung reizt, wenn ich anführte, daß ein Viertel seiner Amtseinkünfte, das Erbtheil der Dürftigen war. Ihre Thränen flossen, als er Dännemark verließ, ihre vielvermögende Thränen vor Gott.

Die bürgerliche Verfassung der deutschen Provinzen war insbesondere Bernstorfs Aufsicht anvertraut, und daselbst wird noch lange sein Angedenken blühn; alle Stände segnen seine Verwaltung; die Kirche ver-

dankt

dankt ihm Ansehen und Schuz, die Gerichte
weise Geseze, die Unterthanen ein zufriednes
Leben.

Er verlangte, daß die herschende Religion in ihrer Reinigkeit gelehrt werden sollte,
weil Vernünftelei und Polemik den grossen
Haufen nicht bessert; aber darum war er
keinen Zweiflern gehäßig, nicht gegen ihre
Verdienste unempfindlich. Es fiel seinem
Herzen nicht schwer, Orthodoxen und Ir-
rende zu ehren, den erleuchteten Cramer zu
lieben und den redlichen Basedow zu schäzen, die aufrichtigen Anhänger aller Reli-
gionen als seine Brüder zu ertragen.

Bei Besezung geistlicher Aemter zog er
immer den Mann von unsträflichem Wandel, der durch sein Beispiel zur Nachahmung reizt, dem grössern Gelehrten vor;

und

und von den Gerichten forderte er Recht, wie solches der Menschenfreund austheilt, der niemals vergißt, daß sein Amt nicht die Geissel, sondern der Trost unsers Lebens sein sollte, und der, wann er straft, mit den Thränen des Verurtheilten die seinigen mischt. Jeder Spruch in bürgerlichen Fällen war ihm heilig. Er verschloß zwar keiner Bitte den Zugang zum Thron, und oft drang sich eine unbescheidene durch, vielleicht ward auch zuweilen seine Einsicht getäuscht; aber immer blieb es sein unveränderlicher Grundsaz, daß ein Minister kein Gesezerklärer sein müsse. Was ein Kollegium redlicher Männer gemeinschaftlich durchgeforscht hat, wird selten ein einzeler Mann, auch mit vorzüglichen Gaben, aber durch größere Geschäfte zerstreut, geduldiger, gründlicher prüfen,

prüfen, billiger und gerechter entscheiden; und sobald man Urtheile durch Machtsprüche ändert, so sind Freiheit und Eigenthum, die ersten Rechte des Bürgers, dem Einfluß der Gewalt oder der Gunst unterworfen.

In Bernstorfs Zeit ist eine Menge heilsamer Verordnungen erschienen. Einige sezen dem verwüstenden Gang der Schikane engere Schränken, ohne daß jedoch diese Hyder des Unglücks, die in allen ihren abgehauenen Enden wieder auflebt, ganz gebändigt werden konte; andere haben die gerichtlichen Eide vermindert, und sie dadurch ehrwürdiger gemacht; eine hat dem mannichfaltigen Betrug der Gewinsucht im Handel gesteuert, und mit scharfsinniger Billigkeit in beiden Königreichen einerlei Maaß und Gewicht eingeführt; eine andere, unter dem Namen

der

der Hebammenordnung, hat gefährliche Miß-
bräuche ausgerottet, und das Verfahren der
Wehmütter der Aufsicht vernünftiger Aerzte
unterworfen.

Die Heerstraßen in Seeland, welche
denen in Frankreich und England nicht an
Pracht und Bequemlichkeit weichen, und die
Postanstalten in Holstein ist man nicht weniger Bernstorfs Vorschlägen schuldig. Jeder Gedanke nüzlich zu sein war seinem Herzen willkommen. Ich sondre aus der Menge seiner weisen Anstalten nur diejenigen
aus, die durch ihren Einfluß auf die Verfassung des Staats auch der Folgezeit merkwürdig bleiben. An den meisten Verfügun-
gen in den deutschen Provinzen hat der Kon-
ferenzrath Carstens, *) ein aufgeklärter

Men-

*) Jezt Geheimer Rath und Direktor der deut-
schen Kanzlei.

Menschenfreund, Theil, dessen Tugend die Belohnung verdient, in Bernstorfs Geschichte zu glänzen.

Bernstorf wurde in allen Fächern seiner Arbeit durch würdige Gehülfen unterstüzt. Er sah mit kaltem Blick über den Haufen der Gnadenbetler weg, die in den Vorzimmern der Mächtigen kriechen, und suchte ihn auf im Gedränge, und drang tief in den Mann, den er zum Dienst des Staats fähig glaubte, und es gelang ihm, ein aufkeimendes Genie, noch eh es glänzte, zu entdecken. Auch unter guten Ministern schmachtet mancher würdige Mann ungebraucht, blos weil er mißfällt; andre bringen ihrem Fürsten eine elende Schaar ihrer Günstlinge auf, die dem Fluch der Nazion Troz bieten und die Ernte der Tugend verzehren;

zehren; Bernstorf war über diese Launen erhaben. Redlichkeit und Wissenschaft fesselten immer, aber auch allein, seine Gunst; Verdienst entwickelte sich schnell unter seiner Aufsicht; sein Beispiel reizte zur Nachfolge, seine Weisheit leitete sie. Aber er theilte mit seinen Untergebenen freigebiger den Ruhm, als die Arbeit, und ließ sich mit sanfter Würde herab. Immer blieb er der größere Mann, aber niemand fühlte sich an seiner Seite erniedrigt. Er verstand es, Aufträge in Geschäften, in die Sprache des Umgangs, Verweise in einen freundschaftlichen Rath, und verdienten Tadel in Zweifel zu kleiden. Wenn er Fleiß und Treue geprüft hatte: so vergaß er menschliche Fehler, ohne sie neugierig hervorzuziehn, ohne den Irrenden zu beschämen; denn ein würklich grosser Mann

ist immer zur allgemeinen Nachsicht ge-
stimmt.

Der Adel war ihm ein ehrenvoller
Stand, der den Thron eines Monarchen
verherlicht. Er vermutete gern erbliche Tugend bei den Nachkommen berühmter Vorfahren, und er gab ihnen früh Gelegenheit,
die Ansprüche ihrer Geburt zu erfüllen; aber
er verlangte Proben eines feurigen Eifers,
des grossen Namens würdig zu sein; der,
wann er die Verdienste des Enkels umstralt,
gewiß auch kein schwächeres Licht über seine
Fehler verbreitet. Noch ehrwürdiger schien
ihm der Mann, der durch rühmliche Thaten der erste eines dunkeln Geschlechts war,
der allein, ohne Reize der Geburt und des
Beispiels, die hohe Bahn der Tugend ging,
der, nach unbekanten Vorfahren, grossen

Nach-

Nachkommen die Laufbahn zur Unſterblich-
keit öfnete.

Es war Wolluſt, unter Bernſtorf zu
dienen. Alle Pflichten wurden zu Empfindungen, und er vergalt Verdienſte, wie er
ſelbſt belohnt zu ſein wünſchte, wie er es
war, durch Vertrauen und Zärtlichkeit, nicht
durch eine gemißbrauchte Gnade des Königs.
Reichthum iſt der Günſtlinge Lohn; aber
Achtung und Nachkommendank gebührt der
Tugend allein. Wer ihn liebte, dachte edel
genung, den langſamen Weg des Verdien-
ſtes ohne Murren zu wandeln und dem Beiſpiel zu folgen, welches ſein eigner Neffe
gegeben hat.

Er, der Freund ſeines Herzens, der
ihm in allen ſeinen Aemtern, ſo wie in jeder Tugend, gefolgt iſt, ſtieg nur durch Ar-

beit zur Würde, und hat im Staat keine Stelle bekleidet, die ihm Patrioten miß= gönnten, oder wozu ihn nicht Fleiß und Ta= lente berechtigt hätten.

So dachte, so handelte Bernstorf. Dän= nemark hat seine Grundsäze geprüft; die Welt hat ihn handeln gesehn. Ich darf mich auf die Stimme des Redlichen berufen; ein grosser Name umstralt den Wandel des Man= nes, ein ganzes Volk wird zu Angebern und Richtern. Bernstorf darf ihr Urtheil nicht scheuen, er, der nicht sein öffentliches Leben allein, sondern jeden einsamen Au= genblick desselben dem Auge Gottes ohne Furcht unterwarf; denn die Religion hatte seine Tugend veredelt, sie hat ihn durch die glänzende Gefahren der Macht, und auch die Stufen herab, freundschaflich gelei=

tet,

tet, sie hat ihm Demut im Glück, und Mut im Unglück verliehen.

Sie allein hat ihn zum Patrioten gemacht, der den seltnen Namen alsdann nur verdient, wann er Neigungen, Leidenschaften, alle Wünsche seines Herzens dem großen Wohl aufopfert, wann er sich vergißt, und nur immer lebhaft das Verhältniß denkt, in welches er eingeschaltet ist, wann er unerschrocken in den Abgrund blickt, an welchen ihn die Vorsehung stellt, und gelassen ins Gewitter, das über seinem Haupte droht.

Darum zitterte Bernstorf in keinen Gefahren, darum ermüdeten ihn weder Undank noch Kaltsinn, darum war er zufrieden, wann das Gute geschah, und gönnte andern den Ruhm und die Belohnung, darum vergaß er Beleidigungen, und rächte sie nie,

 und

und nur Feinde des Staats waren die/ seinigen, darum gewann er es über die Menschlichkeit, auch seine Verfolger zu belohnen,
ihre Verdienste ums Vaterland zu ehren und
ihre Talente dem König zu empfehlen. Noch
leben die Männer, und wenn sie auch Bernstorf nicht liebten: so sind sie doch redlich
genung, die Wahrheit dieses Zeugnisses ein-
zugestehn.

Ich folge nun Bernstorf in die Stille des
häuslichen Lebens, wo ein Mensch den andern
nur durch innern Werth, nur durch eigne Tugend übertrift, wo kein Glanz der Würde mehr
blendet, wiewohl auch diese nur einen Augenblick täuscht; denn ein Staatsmann kan auf
seinem hohen Standort seine Sitten, seine
Schwachheiten, nicht lange verbergen. Bernstorfs Tugend war strenge und auf unver-

änder-

änderliche Grundsäze gebaut, aber nicht in
den stoischen Ernst gehüllt, der alles Ver
gnügen wegscheucht, sondern sie vertrug sich
mit den Freuden des geselschaftlichen Lebens.
Man vermutet zwar die Gabe zu gefallen
bei dem Mann der grossen Welt; er lebt im
mer unter Menschen, deren Meinung ihm
nicht gleichgültig sein kan, und ist geübt,
auf die kleinsten Ansprüche der Geselschaft,
auf die Forderungen jedes Augenblicks zu
merken; es ist auch selten ohne dies Talent
ein Minister groß und mächtig geworden:
aber es erhält sich nicht lange, wann er
ein Arbeiter ist, und den Staatsangelegen-
heiten selbst vorsteht; sein Geist wird zu
sehr an wichtige Gegenstände geheftet, als
daß er sich zu den kleinen Aufmerksamkeiten
des Umgangs herablassen sollte. Daher

 , rührt

rührt der feierliche Ernst, die finstre, einge=
wickelte Miene, die man keinem Minister
verzeiht und die allerdings eine billigere
Nachsicht verdient. Auch Bernstorf gefiel
nicht beim ersten Anblick, denn sein Auge
war umwölkt, und es saß Tiefsinn auf sei=
ner Stirne; aber so wie man ihm näher
trat, drang die Seele mächtig in jeden Zug
seines Angesichts, heiße Menschenliebe glühte
im Auge und heitre Leutseligkeit verjüngte
den Zug seines Mundes; man hielt ihn bald
für einen gütigen Mann, und er hatte kaum
zu reden angefangen, für einen grossen
glänzenden Mann. Seine Beredsamkeit
floß wie ein sanfter Strom, und bahnte
sich Wege durch Felsen; er nahm ein, über=
redete, überwältigte, je nachdem es ihm ge=
fiel; der Ausdruck schmiegte sich dem End=

zweck,

zweck, das Wort der Sache fest an; sein Gegenstand war mit Wahrheit umstralt und ging hervor und stand da, mit den Farben der Natur geschmückt. Er sprach auszeichnend vortreflich über Regierungsgeschäfte, über Revoluzionen in der Geschichte der Menschheit, über künftige wichtige Folgen kaum hervorkeimender Ursachen, über Erwartungen im Sistem der Politik; dann malte er Staaten und Menschen nach dem Leben und aus der Geschichte, mit leichten, aber treffenden Umrissen, deren Aehnlichkeit auffiel, ordnete Massen und vertheilte Licht und Schatten mit schöpferischen Zügen einer Meisterhand. Beispiele der Tugend begeisterten ihn; jede trefliche That, jede Gesinnung der Wohlthätigkeit, der Vaterlandsliebe, traf in seinem Herzen auf eine ver-

E 5   schwister-

schwisterte Saite, die deutlich im wärmern Ausdruck hervorklang; sein Blick und seine Sprache glühten, und er hob uns mit zu hohen Empfindungen empor.

Ein Mann, der mit blendenden Gaben auch nach Macht und Einflüsse vereinigt, herscht gewöhnlich allein in dem schweigenden unterthänigen Haufen; alles hört und bewundert, niemand wagt einen Laut, und das Gleichgewicht der Unterhaltung hört auf mit allen ihren Annehmlichkeiten. Aber Bernstorf demütigte nicht durch die Vorzüge seines Verstandes; er lud zum Widerspruch durch Leutseligkeit ein, und wußte seinen Gegenstand immer nach dem Geistesvermögen der Gesellschaft zu wählen. Er verstand es, eine Frage zu thun, die man wünschte, eine Antwort zu finden, die befriedigen mußte.

mußte. Er hatte für jeden ein Wort, einen Blick, ein Zeichen der Achtung in Bereitschaft, das auch dem Furchtsamen Mut gab. Jeder fand einen Anlaß, sein Talent zu entwickeln, jeder seinen Raum, wo er mit Vortheil erschien. Hierin allein besteht die wahre Höflichkeit, welche, wann sie nicht im Karakter liegt, den Großen so selten gelingt, weil immer das Bewußtsein der Gnade durchscheint, mit welcher sie großmütig ihrer Würde entsagen; und, so bald nur der Geringere seinen Abstand einen Augenblick zu vergessen scheint, oder irgend einer Lieblingsthorheit nahe tritt; so hüllt sich der Große zum Schrecken des Verwegnen schnell wieder in seinen Purpurmantel ein.

Bernstorf war sogar seiner Temperamentsneigungen Meister. Er war mit einer

auf

aufwallenden Wärme geboren; und weil sei=
nem Scharfsinn das Lächerliche nicht ent=
rann, so drängte sich oft die Satire bis an
seine Lippen und leuchtete noch aus seinem
Blick, aber er blieb seines Ausbrucks mäch=
tig, der nie das Gepräge des Spottes trug
und immer zur Freundlichkeit gestimt war.

So betrug sich Bernstorf unter seinen
Untergebenen und in der allgemeinen Gesel=
schaft. Ich unternehme es nicht, ihn unter
seinen Freunden zu schildern, wann seine
ganze Seele sich ergoß und alle Zärtlichkeit
seines Gefühls auch in ihre Herzen strömte;
denn wer ist fähig, sie nachzuempfinden?

Sonst meidet die Freundschaft die Palä=
ste der Großen; ihre Stelle vertritt eine
niedrige Dienstfertigkeit, eine heuchlerische
verstellte Liebe, die, so bald die Gnade des

Fürsten

Fürsten wankt, oft ohne irgend eine andre
Veranlassung, zum offenbaren Haß wird.
Der Anhang mancher Minister ist ein Haufen um Lohn gedungener Knechte, und unter
Gebietern und Sklaven gibt es keine Ver-
einigung der Seelen. Aber Bernstorf hatte
sich Freunde erworben, die seines Herzens
würdiger waren; sie schäzten, unabhängig
von der Würde, den Mann, der nicht verehrt, der geliebt sein wollte, und der ihre
Freundschaft mit einer Zärtlichkeit vergalt,
die in der verfeinerten Welt nicht gekant wird.

Ihr wenigen Edlen, eilet mit mir über
ein allzutrauriges Angedenken weg, oder
überlaßt euch vielmehr ohne Zwang eurem
Schmerz.

Bernstorf war ganz zum Vergnügen des
Umgangs geschaffen; er zog, mehr aus

Pflicht

Pflicht, als aus Neigung, ein einsames Leben allen seinen Reizungen vor, aber sein Tag reichte kaum zu der Arbeit hin, welche unaufhörlich auf ihn zudrang: die ersten Stunden desselben waren der Religion, und zwar nicht ihrer Uebung allein, sondern auch ihrer Untersuchung, gewidmet; er las die größten Theologen aller Zeiten; er verglich ihre Lehren mit den heiligen Quellen; untersuchte und prüfte ihre Glaubwürdigkeit, und wafnete sich gegen ernsthafte Zweifel. Es ist wahr, er las die Spöttereyen nicht, die, wenn man ihren Nachbetern glaubt, unser Jahrhundert so aufgeklärt haben, und die man, wiewohl nicht im Ernst, die Stimme des andern Theils nennt. Sie mögen den Thorheiten des Alters und den Wünschen der Jugend schmeicheln, aber sie kommen der

kalten

kalten Vernunft des Rechtschaffnen verächt=
lich vor. Wer nicht Einfälle, sondern Grün=
de sucht, wer überzeugt, belehrt, nicht be=
lustigt seyn will, bebt vor dem Frevel zurück,
die Regierung Gottes nach Schmähschriften
zu beurtheilen.

So, durch hohe Betrachtungen aufge=
heitert, ging Bernstorf mit Freuden an die
Geschäfte seines Berufs, las alle Bittschrif=
ten selbst und hielt ein eignes Tagbuch darü=
ber; selten entfiel ihm ein wichtiger Um=
stand, zumal wann er zum Vortheil der
Bittenden gereichte; selbst in gerichtlichen
Angelegenheiten nicht, die, gekleidet in ihre
veraltete Tracht, dem Mann von Geschmack
zuwider sind. Auch der Geringste seufzte
nicht nach Bescheid; Hülfsbedürftige aus
allen Ständen wurden oft durch eigenhän=

bige

dige Schreiben erfreut; alle wurden getrö=
stet, wann sie auch nicht alle erhört werden
konten.

In den auswärtigen Geschäften überließ
er wenig der Arbeit seiner Untergebenen. Er
entwarf die wichtigsten Aufsäze, las alle
Berichte der Abgesandten selbst, und ver=
langte keine Auszüge, die zwar die Mühe
des Lesens erleichtern, aber auch den Sinn
der Berichte entstellen. Er schrieb aus der
Fülle seines Geistes und Herzens; Gedan=
ken und Ausdruck strömten ihm zu. Er ver=
stand es, in einem gefälligen Ton durchdrin=
gend an den Verstand zu reden, überwiegend
einzunehmen, alle Gegenstände so zu ordnen,
daß sie sich unter einander gemeinschaftlich
hoben, und daß kein triftiger Umstand in
Schatten zurück wich. Er wußte die Auf=

merk=

merkſamkeit bei verwickelten Sachen durch ein immer ſteigendes Intereſſe zu feſſeln, immer den einzigen Ausdruck zu finden, der keine fremde Deutung zuließ, die in ſeinen Geſchäften nicht gleichgültig war. Sein Stil war edel, ohne redneriſchen Schmuck, leicht und fließend, ohne Trockenheit; er überredete und rührte, weil er mit aller Würde ſeiner eignen Tugend die Geſinnun: gen wohlthätiger Könige vortrug; denn im: mer bleiben Gerechtigkeit und Wahrheit die einzigen Quellen aller Ueberzeugung, und kein Sofiſt hat mit allem Schimmer des Wizes je im eigentlichen Verſtand eine ſchlechte Sa: che vortreflich vertheidigt. Es iſt Schade, daß ſeine Arbeit unter die Geheimniſſe der Politik gehört, daß ſie der Bewunderung der Kenner entzogen bleiben muß. Seine

Erſter Theil.FIn:

Inſtruktionen an Geſandte ſeines Königs
ſind Meiſterſtücke der Staatskunſt und des
Vortrags. Der Miniſter befand ſich gleich
mitten in dem Hof, an dem er zu leben be-
ſtimt war; das Verhältnüß dieſes Hofes mit
Dännemark, ſein Gewicht auf andre Staaten, der Karakter der Nazion, das Siſtem
der Regierung, war unterrichtend und deutlich entfaltet; Miniſter, Günſtlinge, Häupter
mächtiger Partheien waren geſchildert, ihr
Vermögen im Handeln war berechnet. In
den Ausdrücken, mit welchen Bernſtorf die
Wünſche des Königs empfahl, waren die
Mittel ſie zu erreichen enthalten, alle Ein-
würfe waren entkräftet, Gründe mit Uebergewicht bewafnet, jeder Schritt war ſo behutſam vorgezeichnet, daß auch ein Neuling
ur der Staatskunſt, mit einer ſolchen Karte
versehen,

versehen, sich kühn in das Labirinth der Politik wagen durfte, und aus dieser Schule
kamen vortrefliche Männer, zum Dienste
des Vaterlandes gebildet, zurück.

Bernstorf verstand die meisten Sprachen
von Europa, aber vorzüglich war er der
Französischen mächtig. Sie ist die Sprache
der großen Welt und verbindet durch den
Briefwechsel und den Umgang fast alle ge-
sittete Völker, insbesondere gehört sie der
Staatskunst zu, die, wie alle Wissenschaften, ihre Kunstsprache und ihre Eigenheit
hat; nur hat der neue Geschmack sie all-
zusehr mit Puz überladen und dadurch ihren
Nachdruck entkräftet; man ringt nach Wiz
wo man kalte Vernunft fordert; man miß-
braucht hohe Metafern zu gemeinen Gedanken, und scheuet sich nicht, die Geschäfte

ganzer Völker in Epigrammen und Antithe-
sen zu verhandeln. Dies war nicht der Stil
des berühmten Jahrhunderts, in welchem
Bernstorf seine Muster aufgesucht hatte.
Man las seine Aufsäze noch mit Vergnügen
nach der Arbeit eines Lionne, eines Torcy,
eines Estrades. Lionne war sein Muster,
öhnstreitig der größte Schriftsteller in Geschäften; aber Bernstorf übertraf ihn durch
Würde des Inhalts. Er rührte durch die
Mäßigung, durch die Gerechtigkeit seines
Königs, anstatt daß jener die Eitelkeit des
Seinigen, zuweilen gar seine Rache veredeln mußte.

Im Deutschen war Bernstorf minder
geübt, ob er gleich mit Empfindung unsere
beste Schriftsteller las. Als er anfing in
der Welt zu erscheinen, war der deutsche

Ge-

Geſchmack noch in ſeiner Kindheit; die Schreibart beſchäftigter Leute war mehr oder weniger eine Art des Aktenſtils, der entweder im froſtigen Einklang ertönte, oder ſich in verſchränkten Perioden verwirrte, wo der Sinn im Gedränge müßiger Worte verſchwand. Er hatte in Regensburg gelebt und konte den Ton dieſer Schule nicht verläugnen; aber, weil ein Genie immer jede Sprache nach ſeinen Abſichten beugt; ſo drückte er auch im Deutſchen große und edle Gedanken, vielleicht nicht zierlich, aber mit einem eignen Nachdruck, und mit einer fremden, aber kräftigen Wendung aus. Mitten unter ſeiner Arbeit las er vortrefliche Bücher; ſie wurden behutſam, wie ſeine Freunde, gewählt, und es war ein Vor-

F 3   artheil

urtheil für den Werth eines Buchs; wann
man es in seiner Samlung antraf.

Ein so beschäftigter Mann findet seine
Wolluſt in dem Genuß jeder freien ruhigen
Stunde; sie iſt ihm zu koſtbar, als daß er
sie in dem ſinloſen Getümmel der Welt verschwenden sollte. Bernſtorf überließ ſich alsdann den ſtillen Freuden des häuslichen
Glücks, das ſich täglich erneuert, das dem
Weiſen allein noch Vergnügen gewährt,
wann ihn jeder Triumf der Macht und des
Anſehns, jeder Aufzug der Höfe kalt läßt.
Er war der freundſchaftlichſte, gefälligſte
Ehemann. Seine Gemahlin blieb immer
die Vertraute seines Herzens; er kehrte freu-
dig aus jeder Geselſchaft in ihre Arme zurück; jedes Wort, das an sie gerichtet
war, jeder Blick, der dem ihrigen be-

gegnete

gegnete, trug das Gepräge seiner Zärtlichkeit.

Die lezte Stunde des Abends war die
angenehmste seines Tages. Diese brachte er
unter seiner Familie, mit seinen Hausge-
nossen und einigen Gelehrten in Unterre-
dungen zu. Klopstock, der Sänger Gottes
und Freund und Liebling der Menschen, der
rechtschaffene geistvolle Cramer; der reine
Lehre und unsträflichen Wandel mit Wiz und
Munterkeit und ausgebreiteten Kentnissen vereinigt, gehörten mit zu diesem glücklichen Zirkel.
Wir hingen alsdann an Bernstorfs Mund
und labten uns mit Sokratischer Weisheit.
Hier entfaltete sich sein Herz und sein Geist;
der Schleier der Würde fiel nieder und die
erhabne Seele glänzte in ihrer eigenthümlichen Schönheit; wir verließen ihn nie, ohne

 wärmer

wärmer für die Tugend zu empfinden, ohne unterrichtet, oder gebessert zu sein.

Wann die schöne Zeit des Jahrs heran nahte, so entfloh auch Bernstorf aus dem Geräusche der Stadt in die sanftern Szenen der Natur. König Friedrich hatte ihm ein Landgut geschenkt, das, als der Ruheplatz eines großen Mannes, unserer Zeit und der Nachwelt ehrwürdig bleibt.

Auf einem Hügel, der auf einer weit ausgebreiteten Fläche sich langsam erhebt, ist ein geschmackvolles, mehr bequemes als prächtiges, Wohnhaus erbaut. Jenseits der Fläche begrenzt die Stadt den Horizont, nah genung, um in ihrer ganzen Schönheit zu glänzen, und entfernt genung, um die ländliche Ruhe nicht zu stören. Die Stadt dehnt ihr Gewühl durch den Hafen in das

angren-

angrenzende Meer aus; hier verändert die
Schiffahrt jeden Augenblick die reiche mannigfaltige Szene, und das stille ferne Getümmel entzückt. An dem Hafen vorbei verliert sich der Blick auf der See, oder ruht
zuweilen unter einer sich sammelnden Flotte,
oder auf den Küsten von Schonen aus.

Jung gepflanzte Alleen führten von dem
Wohnhaus in die regellosen Gänge eines
reizenden Waldes, der einen Garten verbirgt und schützt; auf welchen die Sonne
nicht weniger gütig, als auf ein südliches
Land blickt. Er ist das Muster der Gärten
von Dännemark, und bringt die besten
Früchte der wärmern Provinzen von Europa in ihrer Vollkommenheit hervor. Bernstorf hat ihn gepflanzt und gewartet; er hat
in demselben die angenehmsten Stunden sei-

nes

nes Lebens zugebracht; sein Geist blühte
auf und sein Herz erweiterte sich, wann er
die freiere Luft dieses Luftplazes athmen
konte. Er hatte es gelernt, die Stufenfolge
der Wohlthaten Gottes in der Natur aufzusuchen, einen heitern Tag mit Entzücken
zu grüßen, der Entwickelung der Pflanzen
nachzuspüren, die Ankunft der Blüte zu be-
lauschen und über die schwellende Frucht zu
frohlocken, alle die mannigfaltigen Freuden
zu empfinden, die ein unverdorbnes Gefühl
mit keinen anderen vertauscht.

Damit auch kein Segen dieser auser-
wählten Erde fehlen möge, versamlete Bernstorf glückliche Menschen um sich her. Er
gab seinen Gutsunterthanen ihr Geburts-
recht, Freiheit und Eigenthum, wieder; er
munterte sie durch großmütige Beihülfe auf

ihre

ihre Güter zu theilen und auf der Mitte ih=
res Landes zu wohnen.

Schnell deckten sich Heiden mit fröhlichen
Saaten; neue Pflanzungen stiegen hervor;
anstatt dürftiger Hütten in elenden Dör=
fern wurde die Gegend mit angenehmen
Wohnungen geschmückt, in welchen glückli=
che Väter ihre Kinder den Namen ihres
Wohlthäters lehrten. Sie wollen ihm, dem
Freund der Menschen, mitten in der ver=
schönerten Gegend ein Denkmaal errichten,
das dem künftigen Wanderer gewiß edlere
Empfindungen, als Trophäen, einflößt, ei=
nen prachtlosen, aber ehrwürdigen Stein, auf
welchen die Thräne ihrer Dankbarkeit floß. *)

In

*) Das Denkmaal, ein von dem vortreflichen
Wiedewelt aus nordischem Marmor verfer=
tigter

In dieser Wohnung des Friedens fühlte Bernstorf sich glücklich; sein Gedächtniß rief ihm tugendhafte Thaten und überzeugende Beispiele der göttlichen Vorsehung zurück; keine Handlung seines Lebens war durch eine kränkende Reue verbittert; sein Fleiß war mit Segen gesegnet; er war von den Redlichen im Staat, von den Würdigsten aller Nationen

tigter Obelisk, ist am 28sten Aug. 1783, etwan eine Meile von Kopenhagen, am Wege nach Friedensburg, auf dem Gute mit Feierlichkeit errichtet worden. Der Obelisk ist 10 Ellen 14 Zoll hoch; oben sieht man eine bürgerliche Krone, an der Vorderseite des Postaments eine Korngarbe mit Hacke und Spaden darüber gebunden, an der andern ein Horn des Ueberflußes. Die mit vergoldeten Buchstaben eingehauene Inschrift ist an der Vorderseite dänisch, an

zionen verehrt, von seiner Familie, von seinen
Freunden, von seinen Untergebenen geliebt;
und auf seiner gefahrvollen langen Laufbahn
hatten

an der andern lateinisch, und lautet in der letz-
ten Sprache folgender maaßen:

PIIS MANIBVS

IOHANNIS HARTVICI ERNESTI

COMITIS DE BERNSTORFF

QVI ARVA

DISCRETA IMMVNIA HEREDITARIA

LARGIENDO

INDVSTRIAM OPES OMNIA IMPERTIIT

IN EXEMPLVM POSTERITATI

MDCCLXII

P. S. S.

GRATI COLONI

MDCCLXXXIII.

S. deutsch. Museum Oct. 1784. S. 289.

hatten ihn wenig Unglücksfälle betroffen.
Er näherte sich mit muntern Kräften dem
Alter, und durfte sich schmeicheln, noch manche Früchte seiner Arbeit zu genießen, noch
lange dem Staate nüzlich zu sein.

Am Abend des Lebens wird selten ein
Mann, der in großen Verhältnissen einge-
flochten war, die vergangene Zeit wieder
durchzuleben wünschen, ohne Epoken, ohne
Vorfälle auszunehmen, deren Angedenken
ihn quält; aber Bernstorf hat es oft mit
freudigem Danke gegen die Vorsicht wiederholt; er nähme jeden verflossenen Tag aus
den Händen der Allmacht ohne Bedingung
zurück, ginge er nicht einer herlichen Zukunft
entgegen.

Jedoch auch seiner wartete der Sterblichen Loos, die, wenn sie auch keine Straf-

gerichte

gerichte fürchten, doch selten der Prüfung
entgehn, die ihr Vertrauen auf Gott bestä:
tigen und den Ruhm ihres Lebens durch den
schwersten Triumf, durch ihre Gedult im
Leiden, krönen soll. Langsam zog sich ein
Ungewitter auf. Unbedeutend in seinem An:
fang schien es auch dem scharfsichtigsten Auge
nicht furchtbar; aber es verbreitete sich
schnell und deckte Dännemark mit einer schre:
kenvollen Nacht. — O, ruhte sie ewig auf
der Geschichte dieser Zeit!

Bernstorf hatte schon lange die Absicht
seiner Feinde entdeckt, ihn durch wieder:
holte Angriffe zu reizen und zu irgend einem
Schritt zu verleiten, der sie von dem Mann,
den sie haßten, befreiete. Endlich konte er
sich nicht mehr verbergen, daß es ihnen ge:
lang, ihm das Vertrauen seines Monarchen

zu entziehn. Aber sollte er ruhig sein Schicksal erwarten, oder dem Sturm, der ihm
drohte, entfliehn? Das war die große be-
denkliche Frage, die entschieden werden mußte,
und die in seiner bittern Verfassung nicht so
leicht zu beantworten war.

Ein Staatsmann, der zu mißfallen an-
fängt, wandelt immer an Abgründen hin,
und thut keinen gleichgültigen Schritt mehr.
Ist er gelassen, so ist es ein Stolz, der gedemütigt zu werden verdient; verbirgt er
seine Unruhe und seine Empfindlichkeit nicht,
so ist es Bewußtsein der Schuld; entschließt
er sich, sein Amt niederzulegen, so wartet
vielleicht eine Kränkung auf ihn, wozu nur
der Anlaß gefehlt hat; und harrt er zu lange,
reizt er die Ungedult seiner Verfolger, so ist
es ungewiß, zu welchem heftigen Ausbruch

ihr

ihr Unwillen endlich verleitet werden mag.
Wenn alle Zugänge des Throns von Rath-
gebern umringt sind, die ihre gemeinschaftli-
che Sicherheit vereinigt, so ist kein Fürst der
Erde mächtig genung, den Eingebungen der
Wahrheit, die zurückgescheucht wird, oder
den Empfindungen seines unaufhörlich be-
stürmten Herzens zu folgen.

Alles das erwog Bernstorf mit heiterer
Ueberlegung und entschloß sich dennoch nicht
zu fliehen, den Posten nicht feig zu verlassen, auf welchem er als ein auserwähltes
Werkzeug der Vorsehung stand, keinen Augenblick, der in seiner Macht war, zu ver-
lieren, wo er dem Staat, oder auch nur
einem Gliede desselben, durch seine Arbeit
nützlich sein konte.

Erster Theil.GDer

Der Schlag kam seiner Erwartung zuvor. Ich war der einzige Zeuge dieses prüfenden Augenblicks. Sein Betragen dabei muß auf ewig seinen Karakter entscheiden; denn in einer solchen Stunde ist der größte Mann in den Händen der Natur.

Er hatte sich eben zur Arbeit niedergesezt, als er das Schreiben des Königs empfing, welches ihn den Staatsgeschäften entzog. Er las es mit ernsthafter Stille und stund mit einem Blick des Schmerzens auf. Ich bin meines Amts entsezt, sprach er mit einem gesezten bescheidenen Ton; und fügte mit gen Himmel erhabenen Augen hinzu: Allmächtiger, segne dies Land und den König!

So stand Bernstorf an den Ruinen seines Ruhms; so gelassen sah er in einer Minute das Gebäude seines ganzen Lebens umstürzen;

stürzen: Hofnungen große Entwürfe zu vol-
lenden, Aussichten in ein ehrenvolles ruhi-
ges Alter, alle Freuden des vergangenen Lebens waren dahin wie ein Traum, und die
Folgezeit breitete sich finster vor ihm aus:
dennoch stand er unerschüttert. Entweder
war Bernstorf ein großer, oder ein unem-
pfindlicher Mann. Wer hat ihn je unempfindlich gekant?

Es war seinen Feinden geglükt, die
Grundsäze seiner Verwaltung zu schelten;
aber dennoch haben sie nie in dem Herzen
des Königs, selbst nicht in ihrem Gewissen,
die Achtung vertilgt, welche das wahre Verdienst auch unter Verfolgungen fordert.

Der Brief, der ihn seines Amtes ent-
sezte, enthielt Beweise einer erkentlichen Erinnerung seiner geleisteten Dienste, und

 Bern-

Bernstorfs Asche ist versöhnt: der König hat sein Gedächtniß verherlicht, er hat seine Familie durch rührende Beweise seines erneuerten Wohlwollens erfreut.

Bernstorf brachte nur einige Tage nach seiner Entlassung in Dännemark zu, und er wandte sie an wie Sokrates, um seine Freunde zu trösten. Ihm entfiel keine Klage, nicht ein empfindliches Wort. Er beschuldigte niemand, er vertheidigte sich nicht, sondern ging, wie Scipio, aus der Versamlung seiner Ankläger, und dankte, statt aller Verantwortung, Gott für alle Dienste, die er dem Staat geleistet hatte.

Bernstorf hatte kaum wenige Monate in Hamburg durchlebt, als es schon von seiner Wahl abhing, einem schmeichelhaften Ruf auf einen größern Schauplaz zu folgen.

gen. Er empfand das Unangenehme seiner
Verfassung, nicht weil er aufgehört hatte,
mächtig zu sein, sondern weil er nicht mehr
nüzlich sein konte, weil er gewohnt war,
sich mit dem Wohl ganzer Reiche zu beschäf=
tigen und die Bürde eines müßigen Lebens
fühlte; auch war der Haß seiner Feinde so
wenig befriedigt, daß ihn neue Kränkungen
selbst in seiner ehrwürdigen Ruhe verfolg=
ten. Warum sollte Bernstorf unter diesen
Leiden dem Reiz widerstehn, an einem
Throne zu glänzen, der alle Arten des Ver=
dienstes an sich zieht, und in der scharfsinni=
gen Großmut, Verdienste zu belohnen, alle
Beispiele der Geschichte übertrift?*) Aber alle

G 3

Güter

*) Wer erkennt nicht Rußland? dessen Monar=
chin über ihr Volk jeden Segen der Weisheit,
des

Güter der Welt wogen keinen seiner Grundsäze auf. Er hatte sich einmal Dännemark in
einer allzuwichtigen Sphäre gewidmet; sobald
ihn dieses Land nicht länger ertrug, so war für
ihn auf der ganzen Erde kein andres Water-
land mehr. Er verehrte die Tugend fremder
Monarchen, aber sein Herz blieb nur Einem König ergeben; da dieser seine Dienste
nicht mehr begehrte, so begnügte sich Bernstorf,

des Ruhms und der Menschlichkeit ausgießt.
Keine Regierung in der Geschichte der Welt
ist, wie die Ihrige, zu gleicher Zeit, durch
Siege und Wohlthätigkeit, durch Wissenschaften, Künste, Schöpfung des Handels und Gesezgebung, verherlicht. Ist es nicht eine Erscheinung, die den Philosophen verwirrt, die
Habeas Corpus Akte in Tweer, und in
Paris noch Lettres de Cachet?

storf, ihm den Segen des Himmels in seinem einsamen Gebet zu erflehn.

In einer Zeit, wo alles Vertrauen aufhörte und wo auch rechtschaffne Diener, blos darum, weil sie die Verfolgung schonte, für Mitschuldige angesehn wurden, blieb Bernstorf seinen alten Freunden unveränderlich treu? Freilich war es Sicherheit, zu fliehen, und vielleicht verwerflicher Stolz eines reinen Gewissens, am Abgrund zu zaudern; aber sehnsuchtsvolle Wünsche im Stillen wurden nicht gehört und nicht erfüllt; und ehrenvolle Verhältnisse haben manchen unter vergeblichem Leiden ans nahe Verderben gefesselt.

Bernstorf glaubte länger an die Tugend, die er geprüft und gewürdigt hatte, und blieb verläumbeten unglücklichen Männern bis an

 seinen

seinen Tod gewogen. Er erlebte die Ver:
herrlichung noch, für seine Feinde in ihrem
Elend zu beten, aber er starb zu früh, um
des Triumfs zu genießen, den ihm das wie:
derkehrende Vertrauen des Königs und die
Stimme aller Patrioten versprach. Er er:
lag unter den Kämpfen des Geistes, mehr
durch Arbeit und Gram, als durch Krank:
heit und Jahre erschöpft. Seine Unpäß:
lichkeit verkündigte keine Gefahr; sein Ende
war schnell, wie es nur der Fromme wün:
schen darf; seine Gemahlin empfand die
Schrecken dieses sanften Todes allein. Er
hatte sich eben zur Ruhe niedergelegt, als
sie tönte, die Posaune des Engels, der ihn
an den Thron der Vergeltungen rief, als,
nach wenigen Seufzern der unterliegenden

Natur,

Natur; diese große Seele unsre Erde verließ.

Alle Arten des Ruhms haben sein Leben verherrlicht. Er war glücklich am Ruder
des Staats, und von allen Redlichen geliebt, und, von aller Macht entblößt, noch
verehrt.

Dem Leser dieser Schrift ist es nicht gleichgültig zu wissen, ob der Erzähler unterrichtet sein konte. Ich habe in Dännemark
viele Jahre als königlicher Gesandtschafts-
rath und Sekretär im Departement der
ausländischen Sachen unter dem Grafen
von Bernstorf gearbeitet, und immer in

G 5 seinem

seinem Hause gelebt; wenn ich also nur aufmerksam war, so war die Gelegenheit zur Beobachtung günstig. Eine ausführliche Geschichte wäre lehrreicher gewesen, aber ein Vernünftiger fordert sie nicht.

Briefe,

Briefe,

im Jahre 1768 auf einer Reise im Gefolge des Königs von Dännemark geschrieben.

Erſter Brief.

London den 18. Aug.

Ich komme von Samuel Johnſon, dem
Koloß in der Engliſchen Litteratur, der tie=
fes Wißen mit Witz, und Laune mit ernſt=
hafter Weisheit vereinigt, und deßen Men=
ſchenlarve nichts davon ankündigt; denn in
ſeiner Geſtalt iſt kein Verhältniß — eines
fauſtgerechten Trabanten — beleidigt. Er
zielt darauf in der Schilderung des Müßig=
gängers: The diligence of an Idler is ra=
pid and impetuous, as ponderous bodies
forced into velocity move with violence
proportionate to their weight. *Idler No. 1.*)

Sein

1) Der Fleiß eines Müßiggängers iſt ſchnell und
heftig, wie ſchwere Körper, die zur Schnellig=
keit

Sein Anstand ist bäurisch, und sein Auge kalt, wie sein Spott; nie tagt ein Blick darin auf, der Scharfsinn oder Schalkheit verriethe; er scheint immer zerstreut, und ist es nicht selten. Er hatte Colmann und mich schriftlich eingeleden, und es wieder vergeßen. Wir überfielen ihn im eigentlichsten Verstand auf dem Landgute des Herrn Thrailes [2]), deſſen Frau, eine artige Walliserin, Griechisch zum Zeitvertreib liest und überſezt. Hier lebt Johnson und herſcht (denn er mag wol herſchen,) wie im Schooße seiner eignen Familie. Er empfing uns freundlich, ob ihn gleich nie eine gewiße Feier-

keit gezwungen werden, mit einer ihrem Gewicht angemeßenen Heftigkeit sich bewegen.

[2]) Mitglied des Parlaments für Southwark; ein reicher Bierbrauer.

Feierlichkeit. verließ, die in seine Sitten, wie
in seinen Stil, verwebt ist. · Er rundet
auch im Umgange seine Perioden, und spricht
beinah im Theaterton; aber was er sagt
wird durch ein gewißes eigenes Gepräg in=
teressant. Wir redeten von der Englischen
Sprache; und ich merkte an, daß sie ihre
Perioden geschwinder, als andere Sprachen,
durchlebte; schon ist mehr Unterschied, sagte
ich, unter ihren izigen Schriftstellern und
dem celebrated club of authors aus der
Zeit der Königin Anna, als unter den Fran=
zosen dieses und des vorigen Jahrhunderts.
Sie streifen in fremdes Gebiet, und ver=
schwelgen den leichterworbenen Raub; denn
sie folgen Swift's Rath nicht, neue Wörter
zwar aufzunehmen, aber nie wieder zu ver=
stoßen. Wir erobern, fiel mir ein Anwe=

sender

sendet in die Rede, neue Wörter im Enthu=
siasmus, und geben sie zurück bey kaltem
Blute, wie unsere Konqueten beim Frie=
den. Aber büßen sie, fragte ich, nicht bei
der Nachwelt dafür? Denn so bleiben sie
kaum dem dritten Menschenalter verständ=
lich. Neue Wörter, antwortete Johnson,
sind ein wohlerworbener Reichthum. Wenn
ein Volk seine Kentniße erweitert und neue
Ideen erwirbt, so hat es Kleider dazu nö=
thig; fremde Konstrukzionen hingegen hat
man als gefährlich verschrieen, und man
wirft mir täglich meine Latinismen vor, wel=
che den Charakter der Sprache ändern sol=
len; aber es ist meine ernsthafte Meinung,
„daß sich jede lebendige Sprache nach irgend
einer alten recht knechtisch bilden müße, wenn
unsere Schriften dauern sollen.“ — Denken
Sie

Sie nicht, daß etwas Wahres in der So-
fisterei ist? Eine todte, nicht mehr wan-
delbare Sprache taugt allerdings zum Maaß-
stabe der lebendigen. Es ist altes Sterling-
gewicht, wornach die Kurrentmünze gewürdigt werden kan. Die größte Sprachver-
wirrung, fuhr ich gegen Johnson fort, richtet eine Art Originalgenieen an, die ihr eigenes Sänskrit 3) erfinden, um ihre Ideen
in heiliges Dunkel zu kleiden; und doch hö-
ten wir oft ihre Orakelsprüche gern, und
fangen endlich die Krankheit. Singularity,
rief einer, ist oft ein Zeichen des Genies.
Dann antwortete Johnson, giebt es nicht
viel größere Genieen als Wilton in Chelsea 4).

Seine

3) Die heilige Sprache in Indien.

4) Ein Invalide, dem die Arme abgeschoßen sind.

Erster Theil.			H

Seine Art zu schreiben ist die singulärste von
der Welt; denn er schreibt seit dem lezten
Kriege mit den Füßen.

Colmann nante den Rehearsal als ein
ehemals bewundertes Meisterstück, das man
jezt nicht mehr zu lesen im Stande sei:
there was too little salt in, to keep it
sweet, [5] sagte Johnson. Hume wurde genant. Priestley, sagte ich, wirft ihm Gal-
lizismen vor. Und ich, sagte Johnson:
daß seine ganze Geschichte ein Gallizismus
ist. Johnson muß seinem Haß gegen die
Schotländer bei jeder Gelegenheit Luft machen; sogar in seinem Wörterbuche steht
folgender Artikel: Oats, a grain, which

in

5) Er war nicht gesalzen genung, um sich lange
   zu halten.

in England generally is given to horses,
but in Scotland supports the people. 6)

Ich erinnerte mich seiner Ausgabe des
Shakespear nicht, die so sehr unter der Erwartung der Kunstrichter bleib, und fragte
ihn, übereilt genug: welche Ausgabe des
Dichters er am meisten schäze? — Ei! antwortete er lächelnd: t' is what we call an
unlucky question. 7)

Ich erkundigte mich nach Boswell. 8)
Er scheint ihn sehr zu lieben, und fühlt, aber
vergiebt ihm seine Schwärmerei. Boswell

H 2

ist

6) Haber ist eine Art von Getreide, das in England Pferde, in Schottland Menschen sättigt.

7) Das nennen wir eine unglückliche Frage.

8) Verfaßer der Accounts of Corsica, und Johnson's Begleiter auf seiner neulichen Reise nach den westlichen Inseln von Schottland.

ist ein feuriger Jüngling, der steif und fest
an die Heldentugend glaubt, und der im
Rausche seines Herzens so gut in Island,
als in Korsika, einen Halbgott aufgespürt
hätte.

Sie kennen Johnson's Schriften. Der
Rambler, der Idler, die Satire London,
Savage's vortreflich geschriebenes Leben sind
auch in Deutschland bekant. Weniger hört
man bei uns vom Prinz Rasselas, einem
meisterhaften, kalten, politischen Roman,
wie sie es alle sind aus der Familie; denn
ein Regierungskünstler, der fern von Geschäften für Könige schreibt, kan aus sich
selbst nichts als Gemeinsätze spinnen. Irene,
ein Trauerspiel von Johnson, full of the
finest speeches, ward ausgezischt, und ist
vergeßen.

Dieser

Dieser berühmte Mann kämpfte lang mit Dürftigkeit; denn Sie müßen nicht glauben, daß England seine Schriftsteller, die es bewundert, immer auch belohnt. Oft verbarg er sich in einem Keller bei Moorsfelds, um einem Zimmer mit eisernen Gittern zu entfliehn. In dieser Zeit schrieb er demosthenische Reden, für und wider die wichtigsten Fragen im Parlament, unterm Namen wirklicher Glieder, die man eine Zeit lang in den Provinzen für ächt hielt; und es ist nicht allgemein bekant, daß unter diesen die berühmte Rede Pitt's ist, die er gehalten haben soll, als man ihm seine Jugend vorwarf, und die nie aus Pitt's Munde kam. Izt hat Johnson den Paktolus in seinen Garten geleitet. Er genießt dreihundert Pfund Sterling Ehrengehalt, nicht um

 Reden

Reden zu machen, sondern, wie die Minorität versichert, um zu schweigen.

Ich habe vergeßen Ihnen zu sagen, daß Johnson das Alterthum des Oßians leugnet. Macpherson ist ein Schotländer; und er will ihn lieber für einen großen Dichter gelten laßen, als für einen ehrlichen Mann. Ich bin von der Wahrheit der Sache überzeugt. Macpherson zeigte mir, in Alexander Dow's Gegenwart, wenigstens zwölf Hefte Manuskripte des Erßischen Originals. Einige davon schienen sehr alt zu sein. Gelehrte von meiner Bekantschaft, welche die Sprache verstehen, haben sie mit der Uebersezung verglichen; und man muß entweder die Abgeschmacktheit glauben, daß Macpherson auch den Grundtert gemacht habe,

oder

oder nicht länger der Evidenz widerstreben.
Macpherson deklamirte mir einige Stellen
vor. Die Sprache klang melodisch genug,
aber feierlich klagend und guttural, wie alle
Sprachen ungebildeter Völker.

 Zweiter

Zweiter Brief.

Londen den 24. Aug.

Ich habe gestern einen meiner schönsten
Tage auf Garrick's Landhause zugebracht.
Ich verließ, in Murphy's [1]) Geselschaft,
London früh. Es war ein wollüstiger Som‌
mermorgen; ein durchsichtiger Nebel zitterte
durch die warme Gegend, wie in Claude
Lor‌

1) Ein Rechtsgelehrter, der es auf dem Theater,
aber ohne Glück, versuchte. Einige seiner
Stücke werden mit Beifall gespielt. Hier sind
die Titel der bekantesten: The Orphan of
China, Zenobia, All in the wrong, The old
maid, The defert island, No one's ennemy
but his own, What we muft all come to, The
apprentice, The way to keep him, The citi‌
zen, u. f. w.

Lorrains Landschaften, und die Natur ge=
wann im Schleier. Ich fühlte mich wie
vom Aether getragen; alles rund um lächelte
Wonne. So ein Gefühl des Lebens, mein
Freund, vernichtet alle Sofismen vom
Uebergewicht des Uebels in der besten Welt.

Garrick's Haus ist ein kleiner Palast,
und nach guten Verhältnißen gebaut. Es
liegt am Ufer der Themse, die sich hier durch
eine reichbewohnte und ausgeschmückte Ge=
gend windet; was man aber seinen Garten
nennt, ist nichts mehr, als ein rein gehal=
tener Rasen, auf welchem mancherlei Ge=
büsche und gesellschaftliche Bäume ohne Sim=
metrie verstreut sind. Horaz beschreibt eine
solche Gegend:

Qua pinus ingens altaque populus
Vmbram hofpitalem confociare amant

H 5

Ramis,

Ramis, et obliquo laborat

   Lympha fugax trepidare riuo.

Unten am Waßer steht Shakespear's Tem-
pel, ein Heiligthum für jeden Britten, im
eigentlichsten Verstande. Das Bild des Unsterblichen ist von weißem Marmor, in natürlicher Größe, zur Verehrung aufgestellt,
und der Künstler hat ihm einen Blick der
Entzückung gegeben, als wenn er in den
Welten seiner eignen Schöpfung herumirrte,
und auf die Gesänge Ariels lauschte. Im
Wohnhause finden Sie weder Pracht, noch
Modegeschmack, aber eine heitre, edle Ein-
falt, die in das ländliche Leben gehört; und
hie und da Merkmaale von dem Geiste, oder
auch der Laune des Besizers. Alle Tapeten sind helle, von sanften, verträglichen
Farben; sie sind mit den Gemälden berühm-

ter

ter Schauspieler und Schauspielerinnen be-
hangen, welche sämtlich in wichtigen Szenen
ihres Spiels mit vielem Ausdruck vorgestellt
sind. Vier Gemälde von Hogarth sind merkwürdig; es sind die Originale zur Eleczion.
Ein fünftes von eben dem Meister ist es
noch mehr. Es solte das Gegenbild der Heirath nach der Mode werden, und in vier
Gemälden eine vollkommen glückliche Ehe
vorstellen; aber, entweder ist die Natur an
Modellen zu diesem Sujet zu dürftig, oder
Hogarth war in Fikzionen nicht fertig; nur
ein Stück ist angefangen, und in solchem
allein der Kopf der Braut vollendet. Hogarth zeigt sich hier auch als ein Maler der
Schönheit; denn es ist das sanfteste, liebe-
volleste Gesicht. Ferner sah ich hier Garrick's Bildniß von unsrer Landsmännin Angelika

gelika Kaufmann grau in Grau gemalt, und
ein andres, in China, nach Reynolds,
fklavisch kopirt, in welchem Garrick einem
verkleideten Chinefer gleicht. Ich darf auch
unter den Kunstwerken ein Käftchen von
dem heiligen Maulbeerbaum nicht vergeßen,
unter deßen Schatten Shakespear geruht haben foll, und das hier mit Andacht, wie
eine wunderthätige Reliquie, gezeigt wird.
Aber Sie verlangen den Mann kennen zu
lernen; von dem Schauspieler rede ich heute
nicht. [2] Sie wißen schon, daß er ein schöner Mann ist, zwar nicht aus der Klaffe
der schönen Körper, die zu Halbgöttern taugen: denn er ist kaum von mittler Größe;
und zu den Idealfiguren der römischen und

griechi

[2] Und niemals; denn man kan darüber nichts
beßers, als Herr Profeßor Lichtenberg, sagen.

griechischen Helden, zu dem, was die Franzosen das hohe Tragische nennen, fehlt ihm
beinah ein pied du Roi; aber seine Figur ist
zierlich gebaut; er ist nervig und fein, ge-
drungen ohne Fettigkeit, und jedes Spiel
seiner Muskeln, jede äußre Schwingung
stimmt genau zur innern Empfindung, die
überall, in der Bewegung der Hand so gut,
als im Ausdruck des Angesichts, durchscheint:
und daraus erklärt sich ein Wort von ihm
zu Previllen. Als dieser einst, zur Bewunderung aller Zuschauer, den Betrunkenen
machte, so rief ihm Garrick zu: „Ihre
Füße sind nüchtern!"

Beim ersten Anblick entscheiden Sie
gleich, daß ihn die Natur zur Freude, zum
Spott, und folglich zum Lustspiel berief.
Aus den Augen strahlt launiger Scharfsinn
und

und satirische, hudibrastische Archneß;[3] die
aber, durch offne Freude gemildert; mehr
anzieht, als abschreckt. Sie begreifen, welche sichere Kunst, welche Schöpfergewalt
über seine Physiognomie dazu gehört, in den
großen tragischen Rollen diesen Stempel der
Natur zu verwischen; und doch forschen Sie
umsonst darnach, wenn er als Lear im Ungewitter schrecklich betet, oder, mit der Hölle
im Blick, als Richard vom Tirannenlager
auffährt.

Garrick lebt mit den Ersten des König-
reichs, und wird in ihrer Geselschaft geehrt
und geliebt; aber zum Glück für seine Freunde hat ihn der Ton der großen Welt nicht
angesteckt, wo die Geseze des konvenzionellen
Anstands Natur und Freude feßeln, und je-

den

3) Schalkheit druckt dies Wort nicht völlig aus.

den freien, edlen Baum zur Gartenhecke verschneiden. Garrick überläßt sich ohne Zwang seiner Laune, und glaubt, daß Scherz und treuherziges Lächeln die Würze des Lebens sind. Von der Art seines Wizes giebt nichts einen deutlichern Begriff, als seine Prologen und Epilogen, die voll gesellschaftlicher Einfälle sind. Fremde unerwartete Gleichnisse, glückliche Anspielungen, Entdeckungen ganz neuer Seiten an gewöhnlichen Gegenständen, auch Doppelsinn und Wortspiele, die ihr verschrieenes Geschlecht wieder ehren, glücklich angebrachte Stellen aus alten und neuen Schauspielen, oder aus seinem Lieblingdichter Horaz, alles das strömt mannigfaltig und unaufhörlich daher. Sein Herz würden Sie am besten aus seinen freundschaftlichen Briefen kennen lernen,

ßen, wo er, in einem leichten, gefälligen
Stil, alle Akkorde der edelsten Gefühle durch=
läuft, und seinen Verstand, wenn er von
seiner Kunst spricht. Er ist voll der intereßan=
testen Anekdoten; und wenn er erzählt, so
handelt er zugleich. Jeder erscheint mit ei=
ner Grimaße aus seinem Gesicht, und spricht
mit dem Ton seiner Stimme; auch das
kleinste Geschichtchen wird zum Drama.
Hier ist Geberdensprache, deren Beweglich=
keit und Wahrheit einen Theil der Panto=
mimenwunder begreiflich macht. Was er
dadurch, ohne Sprache, zu wirken vermag,
sah ich neulich im Makbeth. Als er, mit
einem zum Mord entschloßenen, satanischen
Blick, einen Dolch zu sehen glaubt, und
mit einem Griff, wie man nur nach Kro=
nen greift, nach dem Hefte haschte, sank

ein

ein Fremder in meiner Loge, der nichts von
der Handlung begrif, weil er nicht ein Wort
Englisch verstand, vor Entsezen ohnmächtig
zurück.

Wir unterredeten uns viel vom armen
Sterne. Garrick liebte den Menschenfreund,
und ehrte den Maler des Herzens; aber doch
sagt er irgendwo strenge genug von ihm:

I will not like friend Shandy rattle,

And lose my matter in my prattle. [4]
Auch nennt er ihn a lewd companion, der
noch ausgelaßener in seinem Umgang, als
in seinen Schriften, war, und gewöhnlich
alle Frauen durch seine Zoten verjagte. Er

artete

____

4) Ich will nicht wie Freund Shandy klappern,
und meine Materie in meinem Geplapper ver-
lieren. Von rattle, einer Kinderklapper.

Erster Theil.   J

artete in London aus, wie mir alle meine
Bekante versichern, einer übelversezten Pflan:
ze gleich; der Weihrauch der Großen ver:
darb ihm den Kopf, und ihre Ragouts den
Magen; er wurde kränklich und stolz, ein
Invalide am Leib und Geist.

Ich fragte nach Fielding. Auch er war
einer von Garrick's Lieblingen, als Gesel:
schafter und als Schriftsteller. Garrick zieht
ihn, wie die Engländer alle, dem idealischen
Richardson [5] weit vor, der sich eine Welt
in der Studierstube schuf, und Menschen
aus dem Berg Athos schnizte. Fielding
malte die Natur so getreu, daß Sie in Eng:
land überall eine Bekantschaft aus dem Tom
Jones

5) Wir lesen, dünkt mich, nur so lange wir min:
derjährig sind, den Richardson lieber als den
Fielding.

Jones antreffen, so wie in Holland aus je=
der Hütte ein Ostade, oder ein Teniers
kriecht. Sonst war Fielding ein vollkomme=
ner Cyniker, der dem alten Hund in der
Tonne nichts nachgab, und Tabak und Wein
und Epigrammen sehr unappetitlich unter
einander käuete. Einst, als Garrick mit ei=
nigen Freunden bei ihm speiste, reizte ihre
Nasen ein widriger Ausfluß; Fielding half
ihnen bald aus dem Traum: denn, indem
er lachend aufstund, ward die Geselschaft ge=
wahr, daß er auf dem Nachtstul bei Tische
saß. Ich habe nun von Garrick selbst die
Geschichte von Fielding's Bildniß bestätigen
hören, welches vor Murphy's Ausgabe sei=
ner Schriften steht. Hogarth zeichnete sol=
ches nach Fielding's Tod aus dem Gedächt=
niß; und weil er sich eines merkwürdigen

       Zuges

Zuges im Munde nicht erinnern könte, so ahmte Garrick denselben nach, und erfrischte dadurch Hogarth's Einbildungskraft. Dies veranlaßte das oft wiederholte lächerliche französische Mährchen, daß Garrick einem Maler zu einem fremden Gesicht gesessen habe. Wir würden berühmte Männer oft aufrichtiger bewundern, wenn man weniger Wunder von ihnen erzählte. Wichtiger ist eine Anekdote von Garrick in Rom. Als man in einer Geselschaft von Künstlern vom Ausdruck der Leidenschaften sprach, so individualisirte er eine nach der andern auf seinem Gesicht mit einer fürchterlichen Wahrheit. Hätte der gegenwärtige Mengs diese Expreßionen gezeichnet, so würden sie für den Ausdruck der Seele das Nämliche sein, was Polyklets Regel für die Verhältniße des

Körpers

Körpers war. Ich selbst habe etwas ähn=
liches von ihm gesehen, als ich ungefähr
vor acht Tagen der Repetizion eines Stücks
the Padlok von Bikerstaff zusah. Er hatte
in solchem selbst keine Rolle, und dennoch
machte er alle, auch die Weiberrollen, sei=
nen Schauspielern mit einer täuschenden
Wahrheit vor. Es ist unbegreiflich, wie
sein feingesponnenes Nervengewebe diese be=
ständige Anstrengung erträgt; wie es zugeht,
daß seine Gesundheit nicht unterliegt: denn
Sie müßen nicht glauben, daß es nur bei
ihm auf der Oberfläche stürmt. Ich sah ihn
einst nach vollendeter Rolle Richards, wie
den sterbenden Germanikus auf Poußins
Bilde, hinterrücks auf einer Ruhbank ge=
lehnt, mit keichender Brust, bleich, mit
Schweißtropfen bedeckt, und mit herabge=

                    sunke=

funkener, bebender Hand, ohne Sprache.
Auf dem Lande sammelt Garrick seine ver-
schwendete Schnellkraft wieder, und er eilt
hinaus, so oft er nur einen freien Tag er-
haschen kan. Alsdann genießt er, wie er
sagt, einige Viertelstunden seines Lebens.
In der Stadt gehört er der Nazion zu. Sein
mühsames Studium nicht allein, sondern
auch die Regierung der Bühne raubt ihm
oft Zufriedenheit und Ruhe. Diese Regierung hat in England alle Inkonvenienzen
der brittischen Konstituzion. Bald stürmt
im Green Room[6]) das Haus der Gemeinen; bald sind Mylords, die Autoren, unzufrieden,

Who

6) Das Zimmer für die Schauspieler auf dem
Theater zu Drurylane.

Who, with a play, like pistol cock'd, in

hand,

Bid managers to stand:

„Deliver, Sir,

Your thougts on this!" —

„But Madam — Miss —"

„Your anfwer ftrait!

I will not wait." —

„T' is fit, You know" —

„I'll hear no reafon.

This very feafon,

Ay or no!" 7)

                    und

7) Die, mit einem Drama, wie mit einer auf-
gezogenen Piftole, in der Hand, dem Direktor:
ftehe! zurufen. Ihre Meinung hierüber, eh
Sie fich rühren! — „Aber Madam — Mamfell
— Ihre Antwort ftracks! Ich warte nicht." —
„Es ift gut, daß Sie wißen — Ich höre keine

Gründe

und die Stimme des Volks ist fürchterlich, weil
es, wie in Athen, seine größten Leute in einer üblen Laune mishandelt. Er ist zwar
der Liebling des Volks, und trift meistentheils den Geschmack dieser strengen Obrig-
keit; dennoch erkennt er ihre Herschaft mit
Ehrfurcht, und weis, daß sie nie einen Fehler, nicht eine Nachläßigkeit vergiebt. Garrick ist auch nicht unempfindlich gegen einzele
Kritiken, und entrann so wenig, als irgend
ein verdienstvoller Mann, den Käbalen des
Neides und der Schadenfreude schlechter
Menschen; ja es war zum Theil Verdruß
über mancherlei Beleidigungen dieser Art,
was ihn zu einer langen Reise außerhalb
Landes bewog. Er schilderte seine damalige
Verfaßung in folgenden Versen:

The
Gründe. Diesen Winter noch muß es gespielt
werden. Ja, oder Nein!"

The looking up fatigues the sight:

And mortals, when they soar,

Should they once reach a certain height,

All wish, to have them low'r;

And friends there are in this good town,

Will lend a hand to help them down. [8])

Und die Herren Kunſtrichter werden mit einem Gleichniß bewillkommet:

Criticks are, like watchmen in town,

Lame, feeble, half blind, yet they knock

poets down. [9])

J 5   Gar

8) In die Höhe zu ſehn ermüdet die Augen; fängt ein Sterblicher an zu fliegen, und hat erſt eine gewiße Höhe erreicht, ſo wünſcht ihn jeder näher bei der Erde, und es giebt Freunde in dieſer guten Stadt, die eine Hand hergeben, um ihn herab zu helfen.

9) Kritiker ſind den Nachtwächtern gleich, lahm, krüppelich, halb blind, doch ſchlagen ſie den Poeten zu Boden.

Garrick verdient diese Begegnung nicht. Er hat nie das Genie angefeindet, nie eine Parthei, oder, wie man es bei uns nennt, eine Schule [10]) kommandirt; er hat kein aufkeimendes Talent durch Verachtung gedemütigt, oft unerkante Fähigkeiten hervorgezogen, auch den Fleiß geschäzt, und Ruhm und Belohnung mit seinen Gehülfen getheilt. Er ist nicht allein der Lehrer, sondern auch der Vater seiner Geselschaft, und ehrt seltene Gaben mit Enthusiasmus. Nachdem Mistreß Pritchard die Bühne verlaßen hatte, gab er ihr jeden Winter eine Benefitsvorstellung; spielte alsdann immer selbst, und machte nicht selten ein eignes kleines Stück dazu. Noch spricht er mit Rührung von der berühmten Mistreß Cibber. Sie empfand,

10) Weil das Heer oft aus Schülern besteht.

emfand, sagt er, und wirkte Empfindungen. Seitdem sie todt ist, kan ich keine ver-
liebte Rolle mehr machen.

Es ist wahr, seine Dienste werden reich-
lich belohnt. Man rechnet sein Vermögen
auf 100,000 Pfund Sterling, und das
Theater bringt ihm jährlich, als Schauspieler und als Eigenthümer zur Hälfte, noch
gegen 4000 Pfund ein. Wenn Reichthum,
Verstand und ein großer Name glücklich machen können, so ist Garrick ein glücklicher
Mann: und er ist es auch in seinem Hause:
denn seine Frau ist eine liebenswürdige,
schäzbare Frau, die von ihrem vorigen Stande [11]) nichts als die Grazie übrig behielt:
aber ihnen fehlen Kinder, der Trost und die

Freude

11) Sie war eine Tänzerin. Sterne nennt sie
in seinen Briefen: a peerless woman.

Freude des Alters, und Garrick's Vermö
gen wird der Familie seines Bruders zu Theil.
Weil Garrick in künftiger Woche spielen soll,
so lag sein Schreibtisch voller Bittschriften
von Herren und Damen aus allen Ständen,
die um einen Plaz in den Logen flehten; ein
fremder Prinz war unter den Supplikanten,
und ein auswärtiger Minister hatte sein Ge
such durch einen eignen Brief unterstüzt. Es
wäre kein Wunder, wenn ein so gefeierter
Mann endlich stolz würde. Baron war es
mit ungleich geringerm Rechte. Garrick aber
ist es nur für die Narren, gegen deren Zu
dringlichkeit nichts in Sicherheit sezt, als
Kälte. Alles, was aus den Provinzen,
oder übers Meer kömt, will durchaus die
Löwen im Tower, und Garrick, den Wun
dermann, sehen. Ich bin, sagt er, auf dem

Theater

Theater für Geld zu sehen, aber in meinem Hause allein für meine Freunde.

Auf meinem Rückwege trat ich einen Augenblick in Twickenham, dem berühmten Garten Pope's, ab, der allein durch seinen Namen merkwürdig ist. Die so schön besungene Grotte ist ein mittelmäßiges Gewölbe, mit Muscheln ohne Geschmack überladen, in welchem hie und da etwas Waßer, wie von einem Ziegeldache, herabtropft.

Künftig sage ich Ihnen vielleicht etwas über Garrick's Schriften und über die Bildniße von ihm, die mir vorgekommen sind.

Dritter

Dritter Brief.

London den 31. Aug.

Ein Bild von Garrick in irgend einer Schauspielszene kan einem andern in einem verschiedenen Charakter unmöglich sehr ähnlich sein, weil sich diese Proteusseele jedesmal gleichsam mit einem neuen Körper bekleidet. Wer ihn als Lear, oder Richard gesehen hat, kennt den individuellen Garrick noch nicht. Hogarth's Richard, der so vortreflich den Geist seiner Rolle ausdrückt, steht jedoch Garrick, auch auf dem Theater, nicht ähnlich. Im Hamlet von Zoffani finde ich, außer dem Anstand, nicht eine Spur von ihm; aber beßer ist er von eben dem

Meister

Meister, als Romeo gemalt,[1] in dem Augenblick wie Julie erwacht. Reynold's dichterisches Gemälde, wo Garrick zwischen der komischen und tragischen Muse, wie Herkules auf dem Scheidewege, steht, und sich, menschlicher als der Halbgott, zum Vortheil des schalkhaften Mädchens entschleßt, ist ein Meisterstück der Kunst. In dem Auge, so wie in dem launischen Lächeln, ist Wahrheit, aber doch veredelte Natur; selbst die vandikische Anordnung der Kleider und Haare, so vortheilhaft sie dem Künstler auch war, bringt etwas Frembdes ins Bild. Ein Maler von Bath, deßen Namen mir nicht beifällt, hat ihn in Lebensgröße in ordentlicher Kleidung vorgestellt, wie er Shakespear's Bildsäule umfaßt.

[1] Nicht gestochen; denn das Kupfer ist mittelmäßig.

umfaßt. Der Gedanke ist nicht glücklich, und der Meister gehört nicht unter die ersten in England, aber Garrick ist kentlich genung. ²) Das beste Bild von ihm besizt Cotmann; es ist ein Profilkopf von Zoffani gemalt. Diese Stellung des Gesichts steht immer schärfer auf der Linie der Wahrheit, und drückt den Charakter bestimter aus. Es ist nicht in Kupfer gebracht. ³) Garrick's Schriften

²) Green hat es, aber ohne Glück, in Kupfer gebracht.

³) Ich sah nachher in Frankreich Garrick's Bild in jüngern Jahren von Michael Vanloo gemalt, welches sehr gut zu sein schien: auch habe ich daselbst die Originalzeichnung von Cochin gesehen, aber dieser Garrick ist entnationalisirt. In der Samlung kleiner mittelmäßiger Blätter von Schauspielern, die vor einigen Jahren

iü

Schriften sind nur einzeln gedruckt, und noch
nicht gesammelt; viele davon sind, wie ich
glaube, in Deutschland nicht bekant, und
verdienten es zu sein. In Dodsley's Sammlung sind einige Gedichte von ihm, unter
andern eine Ode an Pelham. 4) Seine
Prologen und Epilogen sind ein Magazin
von

in London heraus kamen, sieht er sich in den
komischen Rollen sehr ähnlich, besonders als
Sir John Brute, und noch besser, als Abel
Drugger. Von allen seinen Bildnißen aber
ist mir das liebste ein Blatt von Hogarth vor
dem Vorspiel The farmer's return; nur muß
die Karikatur nicht irre machen. Aus des gut-
herzigen, selbst zufriedenen, klug gewordenen,
seine Frau aufziehenden Pächters Gesicht leuchtet Garrick's wahre, eigenthümliche Laune.

4) Vol. IV. p. 198.

Erster Theil. K

von ächtem Sterlingwiz. Von dramatischen
Stücken sind mir folgende vorgekommen:
Miſs in her teens, or the medley of lovers,
Der Gedanke ist aus Dancours Parisienne.
Ein achtzehnjähriges, unschuldig scheinendes
Mädchen zieht alle ihre Liebhaber auf, einen jungen Offizier ausgenommen, den sie
auch endlich erhält. Der Charakter des
Fribble, eines faden, süßen Herrn, war
sonst in jüngern Jahren Garrick's Lieblingsrolle, so wie Daffodil in einem andern
Stücke von ihm, the male coquette. Daffodil ist ein Glücksritter, der sich nie genoße-
ner Gunstbezeugungen rühmt, und endlich
beschämt und lächerlich wird. Lethe, eine
dramatische Satire in der lucianischen Ma-
nier. Weil Niemand mit seinem Zustande
zufrieden ist, so hat Pluto den Sterblichen

erlaubt,

erlaubt, aus dem Fluß Lethe Vergeßenheit ihrer Sorgen zu trinken, und Aesop empfängt die Patienten. Die Geselschaft wird zahlreich, Dichter, Geizhälse, feine Herren, Damen nach der Mode, u. s. w. Lord Chalkstone, ein gichtischer Edelmann, ist Garrick's Rolle. Ein alter dienstfertiger Tischgenoß (ein Wesen, das man hier Toad eater nennt,[5]) kündigt den gnädigen Herrn an:

Bowmann. Sie müßen nicht glauben, daß Mylord von der gemeinen Klaße der Sterblichen ist. Sie können nicht anders als seinen Besuch für eine besondere Ehre ansehn; denn er ist so arg mit dem Podagra geplagt, daß wir Mühe hatten, über den Fluß zu kommen.

K 2   Aesop.

[5] Ein Krötenfreßer. Im Französischen un complaisant.

Aesop. Mylord muß also dringende Ur⸗
sachen haben, nach dem Fluß Lethe zu reisen.

Bowmann. Keine, so viel ich weis, in
der Welt — seine Füße sind freilich ein we⸗
nig abgängig, aber sein Herz ist so gesund
als jemals. Nichts ficht ihn weiter an; er
mag gesund oder krank sein, so ist er immer
der angenehmste Herr, die beste Geselschaft,
die man wünschen kan.

*Mylord kömt, unter unwillig heraus⸗
gestoßenen Seufzern, von Merkur lang⸗
sam hergeführt.*

Aesop. Mylord, Sie leiden — Ich
wünschte Ihnen helfen zu können.

L. Chalkstone. Leiden — Glauben Sie
denn, daß ich ein Sänftenträger, oder ein
Karrenschieber bin? Meine Beine sind im⸗
mer noch stark genung, um mich zu meinen

Freun⸗

Freunden und zu meiner Bouteille zu tragen; und zum Rest ist das Podagra von
ganzem Herzen willkommen. —

Aesop. Aber Sie fühlen doch, wie es
scheint, empfindliche Schmerzen.

L. Chalkst. Schmerzen — ja — aber,
Vergnügen nicht weniger. Wenn die Schmerzen kommen, so fluche ich sie weg; und wenn
sie vorbei sind, so verliere ich keine Minute,
und trinke den nämlichen Wein und eße die
nämlichen Gerichte, wie vorher — laß die
Doktoren sagen, was sie wollen. Ich wolte
meine Küche und meine Liqueurs nicht mis-
sen, wenn ich die Sßelen der ganzen Fakul-
tät retten könte. Ihres Waßers wegen bin
ich nicht gekommen, mein Herr Aesop! denn
ich trinke kein Waßer, als wenn ich in Bath
bin. Ich komme, die Wahrheit zu sagen,

                     um

um mich ein wenig in Ihren elysäischen Fel-
dern umzusehen, (sieht durch ein Glas,) die,
unter uns gesagt, verteufelt abgeschmackt angelegt sind. Hier ist weder Idee, noch Geschmack. Euer Fluß hier — wie nennt ihr
ihn?

Aesop. Styx, gnädiger Herr.

A. Chalkst. Ja recht, Styx — aber
das läuft gerade und steif wie ein Rennstein
— Sie solten ihm einen schlangenförmigen
Schwung gegeben haben, und das Ufer solte
schiefer und malerischer sein — Die Gegend
hat ihre Kapabilitäten, nur müßen Sie dor-
ten den Wald lichter hauen, und hier auf
der rechten Seite die Bäume mehr klump-
weise zusammenrücken — Ueberall finde ich
hier weder Mannigfaltigkeit, noch große
Maßen; weder Kontrast, noch unerwartete
Coup

Cöup d' œil — (Kömt bis ans Orchester:)
Doch ist hier ein feines Ha! Ha!⁶) und
Blumenstauden und Wintergrün — (indem
er nach den Logen sieht).

Aesop. Fragt im Verfolge des Gesprächs,
ob er verheirathet sei, und Kinder habe?

A. Chalest. Kinder? nein — so viel mir
bekänt ist — zwar habe ich meine Frau in
sieben Jahren nicht gesehen.

Aesop. Sie sezen mich in Erstaunen.

A. Chalest. Und Sie mich auch, weil
Sie nicht wißen, wie man in der Welt zu
leben gewohnt ist. Ich freite nach Reichthum, sie nach einem Rang; und als wir

K 4

beide

6) Ha! ba! ist in den englischen Gärten ein Gra-
ben mit ungleichen Ufern, den man statt einer
Befriedigung anbringt, weil er das Ganze
nicht unterbricht, und die Aussicht frei läßt.

beide hatten, was uns fehlte — ei nun, je geschwinder wir uns trennten, je beßer. Doch es ist gut für die Nazion, daß es auch Leute giebt, die hecken. Mein Bruder mästet sich mit ehelicher Liebe, und ist schon am zweiten Duzend Kinder. —

In jedem englischen Lustspiel ist ein Franzos des Wohlstands wegen nothwendig; hier erscheint also auch einer.

Der Franzos. Monsieur, votre Serviteur très-humble — Vous ne me repondés rien? Je vous dis que je suis votre très-humble serviteur.

Aesop. Ich verstehe Sie nicht.

Der Franzos. Ah le barbare! il ne parle pas françois.

Aesop. Wer sind Sie, wenn ich fragen darf?

Der

Der Franzos. Ich bin, ihr su bien, un marquis françois. J' ai vu le monde; ich aben kewest all über der Welt, un leb sur Stund in England, wo ich bin viel kareßler, plus même que dans ma patrie.

Aesop. Und was ist Ihr Gewerb in England?

Der Franzos. Ich aben da kommen, Monsieur, pour polir la nation. Die Englisch, sie ab su viel von der Blei in der Bein, und von der pensée in der Kopf. Il s' agit de les dégourdir un peu.

Aesop. Aber worin besteht eigentlich Ihre Wissenschaft, mein Herr?

Der Franzos. Mais, Monsieur, je parle françois en perfection — Ich danse der Menuet und der Cotillon, und sing die klein chansons à merveille. Enfin, Monsieur, je

 suis

suis étranger; un als der Englisch at lieb
les étrangers, mehr als sie ab lieb ihr Lands-
mann, so is der étranger kein Narr pour
rester à la maison, wo sie nicks ab in der
Welt, un komm lieber in der Land, wo sie
nicks manquir in der Welt — vous compre-
nés cela, Monsieur.

Aesop. Das läßt sich hören. Aber, was
wollen Sie hier?

Der Franzos. Ecoutés, mon cher Monsieur, ick mack der Cour à une femme fort
riche, un aber lieb ihr Geld, un die Lady
er at lieb mon esprit & ma figure, & vous
m' obligeriés, Monsieur, wann Sie gäb
mir zwanzig douzaines de bouteilles von der
Waßer aus der Fluß Lethe.

Aesop. Zu welchem Gebrauch?

Der Franzos. Davon soll trink Ihr Gesundheit, Monsieur, devinés qui? mes créanciers, daß sie vergißt der Weg su mein Logis.

Aesop. Sie tränken beßer selbst ein Paar Bouteillen, um Ihre Thorheiten zu vergeßen, und kehrten dann nach Ihrem Lande zurück.

Der Franzos. Ah; je vous demande excuse, Monsieur. Vous n'y pensés pas en vérité; ich paßier lieber vor Marquis in England. J'aime cela beaucoup mieux, que de friser les cheveux en Provence.—

Eine kleine Farce von Garrick, Harlequin's Invasion, erschien, als Frankreich im leztern Krieg England mit einer Invasion auf platten Fahrzeugen drohte. Es fällt mir ein guter Zug daraus ein. Ein Engländer

und

und ein Franzos sind beide zum Tode verur=
theilt, und ein Mönch soll sie dazu berei=
ten. Was hast du für eine Religion? fragt
er den Engländer. Die Antwort: keine!
Und du? (zum Franzosen:) Celle, Monsieur, qui vous plaira (mit einer tiefen, ge=
schmeidigen Verbeugung).

The clandestine mariage, von Colmann
und Garrick. Hogarth's mariage à la mode
gab Anlaß zu diesem Stück, und die Cha=
raktere des Lords Ogleby und der Mrs. Hei=
delberg sind von Garrick allein. The Guar-
dian, nach dem Mündel von Fagan. Cy-
mon, a dramatic romance mit Zaubereien,
einigermaßen nach dem Orakel. Es gefiel
weniger, als seine andern Stücke, weil die
Schäferliebe seine Gattung nicht ist. The
lying valet, eine Komödie. Lilliput, a dra=

matic

matic entertainment, von Kindern gespielt. The Gamester, nach Shirley, Isabelle, oder die unglückliche Heirath, nach Southern, Florizel and Perdita, aus dem Wintermährchen, und Catharine und Petruchio, aus der gebändigten Spröden von Shakespear.

Ein kleines dramatisches Stück, the farmer's return, hat sich selten gemacht. Es ist voller Naivheit, und noch schäzbarer durch ein Titelkupfer von Hogarth, das man sonst in keinem Kupferlaben findet. Ein ehrlicher Pächter aus dem nördlichen England ist zum erstenmal in seinem Leben in London gewesen, und erzählt bei seiner Zurückkunft der erstaunten Familie alle Wunder, die er gesehen hat. Der eigne Ton dieser Verse, die in einem Provinzialdialekt geschrieben sind, ist in keiner Uebersezung

zu erreichen. Eine Stelle muß ich Ihnen
doch daraus herſezen, welche ſehr bei der
Vorſtellung gefiel, weil ſie die Empfindung
aller wohlgeſinten Britten für ihr kronen-
würdiges königliches Paar ausdrückt.

Wife. But waſt thou at Court, Jahn?
       — what there haſt thou ſeen?

Farmer. I ſaw 'em — heaven bleſs 'em —
       You know whom I mean;

I heard their healths pray'd for — agen
       and agen

With provoiſo, that one may be ſick
       now and then.

Some looks ſpeak their hearts, as it were
       with a tongue;

O Dame — I'll be damn'd, if they e'er
       do us wrong.

Here's to 'em, bleſſ 'em — both — do
       You take the jug —

           Wou'd't

Wou'd'c do their hearts good — I'd

 swallow the mug.   (trinkt.)

 (Zu Richard, seinem Jungen:)

Come, pledge me, my boy — hold, lad,

  haſt nothing to ſay?

Dick. Here, Daddy, here's to 'em.
    (trinkt.)

Farmer. — Well ſaid, Dick boy.

Ich kenne noch von Garrick ein ange=
nehmes Gedicht, in welchem er die Geſchichte
ſeiner Hypochondrie, und ſeines Verdrußes
über den Kaltſinn mancher Freunde und die
Beleidigungen ſeiner Feinde in einer launi=
gen Fabel vom kranken Affen erzählt; aber
dieſer Brief iſt ſchon weitläufig genung, und
ich will Ihre Gedult nicht länger misbrau=
chen. Ich bin u. ſ. w.

Vierter

Vierter Brief.

London den 15. Sept. 1762.

Unsere Landsmännin, Angelika Kaufmann, fand ich heute mit dem Meßias in der Hand, und Pope's Homer lag in der Nähe. Sie liest beide mit Entzücken: aber der Deutsche ist näher mit ihrem Herzen vertraut; er veredelt ihr Gefühl, und erhebt sie bis zu seiner Schöpfung. *)

Sie

1) Wie hoch sie diesen Dichter schätzt, erhellt aus folgender Stelle eines ihrer Briefe an mich vom 29. Mai 1769.

» » „Daß der große Klopstock an mich denkt, „mich sogar mit seinen Werken beehrt, hab' ich „Ihnen zu verdanken. Ich werde mich erkühnen „an ihn zu schreiben, und ihn meiner Hochach-

tung

„Sie ist, wenn ich mich recht erinnere,
in Bregenz geboren; und kam jung nach
Italien. Hier ward ihr empfänglicher Geist,
unter Kunstwerken; und in der guten Geselschaft, ganz zum platonischen Wohlklang ge-
stimmt. In ihrer Gestalt und in ihren Gemälden; in ihrer Rede und ihrem Wandel,
ist überall nur Ein Ton herschend; nämlich
sanfte

„tung versichern. Ich will nun Ihrem Rathe
„folgen, und bin entschloßen, einige Stellen
„aus dem Meßias zu wählen; aber daß ich
„doch fähig wäre, das Große, das Göttliche,
„so darin ist, mit dem Pinsel auszudrücken!
„Ich werde einen Versuch machen, und wenn
„er geräth, so soll Herr Klopstock das erste Stück
„haben.“ — Sie hat ihr Wort gehalten, und
Klopstock besizt nun ein vortrefliches Stück, welches die Episode von Samma vorstellt.

Erster Theil.   L

sanfte jungfräuliche Würde.: Sie ist jezo ungefähr 27 Jahre alt, keine vollendete Schönheit, aber dennoch einnehmend in ihrer Form und ihrem ganzen Anstand. Der Charakter ihres Gesichts gehört zur Gattung, welche Dominichin gemalt hat, der in seinen Köpfen den Raphael erreichte: edel, schüchtern und bedeutend, anziehend und mittheilend. Man wird sie nirgends flüchtig gewahr, sondern sie hält den Blick des Beobachters fest; ja es giebt Augenblicke, wo sie tiefere Eindrücke macht. Wenn sie, vor ihrer Harmonika, Pergolesis Stabat singt, ihre großen schmachtenden Augen, pietosi a riguardar, a mover parchi, gottesdienstlich aufschlägt, und dann mit hinströmendem Blicke dem Ausdruck des Gesanges folgt, so wird sie ein begeisterndes Urbild der

heiligen

heiligen Cåcilia. Welcher Beruf, mein
Freund, mit so vielen Talenten glücklich zu
sein! — Aber Angelika ist es jezt nicht.
Ihre sichtbare Schwermut ist eine Frucht
mislungener Liebe, die sich mit einer unglücklichen, jezt wieder getrennten, Heirath
endigte. Aller Genuß des Ruhms und des
Lebens wird durch das Leiden des Herzens
verbittert.

Als Malerin fehlen ihr gleichwol wichtige Theile der Kunst: sie zeichnet nicht allerdings richtig, und muß daher reiche, hand-
lungsvolle Erfindungen meiden; selbst in der
einzelen Figur darf sie keine schwere Stellung und keine Verkürzungen wagen; sie
deutet die Anatomie des Nackenden ungewiß
und furchtsam an; wenn auch ihre Verhältniße richtig sind, so sind doch ihre Umriße,

 zumal

zumal an Händen und Füßen, nicht immer
korrekt. Man findet ihr Kolorit kalt und
fremde, ihre Schatten eintönig, und über
ihrer Karnazion schwebt ein violetter Duft,
dahingegen dringt die Farbe der Gewänder
allzublendend vor, und ist nicht mit der Haltung 2) des ganzen Stücks vereinigt, auch
versteht sie wenig Luftperspektiv, kein Bei-
werk, keine Landschaft, und überhaupt keine
Gründe; aber alle diese Fehler hat sie durch
Schönheiten aufgewogen. Ihre Werke sind
tiefen Sinnes, sensu tincta sunt; sie wählt,
mit vieler Weisheit, eine leicht zu faßende

ein-

2) Neulich las ich: „die Haltung — ist auch
„in den Extremitäten eines großen Meisters
„so gewißenhaft angegeben." — Man solte sich
wenigstens selbst verstehn, wenn man über dergleichen Dinge schwazen will.

einfache Handlung, und den Augenblick vor
der Entscheidung, wenn das Intereße durch
die Ahndung gesteigert wird, und die Einbildungskraft in einem weiten Spielraum
schwärmt; ³) ihre Formen sind voller An-

L 3   mut,

³) Ich will die Sache durch Hektors Abschied von
der Andromacha, eines ihrer Werke, erklären,
welches Watson im Jahr 1772 in schwarze
Kunst gebracht hat. Bei dem Skaischen Thore,
wo Hektor (Ilias sechster Ges.) die Gattin antraf, steht der Held, so nach dem Lager gewandt,
als wär er schon einen Schritt weiter gewesen,
und träte nun, auf das Flehen des Weibes,
noch einmal zurück; denn der linke Fuß ist los,
hinter den rechten gezogen, und Hektor hält
sich jezt an der Lanze, die an dem Orte steht,
wo der Fuß gestanden hat; aber nun weilt er,
wendet liebevoll sein Gesicht nach dem gebeug-

ten

mut, ganz in der griechischen stillen Würde
hingestellt; und in ihren Frauensgestalten

iſt

ten Weibe, welches hinſchmachtet auf ſeine
Schulter, ihren rechten Arm um ſeinen Nacken
ſchlingt, und die andere bebende Hand dem
Gatten überläßt, der ſie feſt in die ſeinige drückt.
Sie hat eben vollendet:

Edler, dich wird tödten dein Mut; du aber
erbarmeſt

Dich des Knäbleins nicht, und mein, der
Elenden, auch nicht!

Witwe werd' ich bald —

— mir wäre das Beſte,

Stirbſt du, in die Erde nach dir zu ſinken —

Aber erbarme dich nun —

Daß dies Knäblein nicht werd' eine Waiſe,
dein Weib eine Witwe! —

Und nun ſchweigt ſie. Feſt verſchlingt ſie den
Gram, nähert ſich der Wange des Mannes,

forſcht

st eine eigene, unnachahmliche Weiblichkeit,
so ein Ansichhalten und Hinschmachten, so

L 4   ein

forschet furchtsam, mitleidfobernd, mit dem
trüben, keuschen Auge — ob sie nicht ahnden
darf — daß er sich erbarme. Er öfnet den Mund,
spricht die heilenden Worte:

Liebes Weib, bekümmre dich nicht zu heftig
im Herzen!
Gegen das Schicksal wird mich keiner hinab
zu den Schatten
Senden. —

Stolbergs Ueberf.

Für den Beobachter ist der gerührte Hektor
nicht ganz entschloßen: wird er bleiben? oder
reißt er sich los? Diese Ungewißheit erschüttert
die Seele, und ist der große Grundsaz aller
Malerei für das Herz — Leßing hat ihn im
Laocoon scharfsinnig ausgeführt. — Bei der
Mutter, etwas im Vorgrunde, um, durch ihren

ein rührendes Ergeben, so ein Bewußtsein
der Geschlechtsabhängigkeit, die alle männ-
liche Kenner einnimt. Freilich geht von diesem Charakter auch etwas in ihre Männer
über; diese stehen so züchtig und blöde, wie
verkleidete Mädchen, da, und es wird ihr
nie gelingen, Helden oder Verbrecher zu
malen.

Man weilt nachdenklich bei ihren Werken, und geräth unversehens in die sanfte
elegische Laune der Künstlerin.

Jezo wird ihr Name bekanter; man
fängt an sie brittisch zu belohnen. Eminent

ren Schatten, die lichte Hauptfigur der Andromacha zu heben, steht die Amme mit dem
kleinen Astyanax. Sie liebkoset dem Kinde,
das ihr entgegen lächelt, weil es noch nicht er-
schrocken ist vor dem webenden Federbusch.

ist in diesem Lande ein ehrwürdiges fruchtbares Beiwort. Angelika ist zu bescheiden, sonst darf ein eminent artist in jeder großen üppigen Stadt ungefähr mit seinem Liebhaber, wie eine eigensinnige Kokette mit dem ihrigen, umgehn; er darf ihn plündern und mißhandeln, ohne einen Bruch zu besorgen, und kan so reich werden, als er Lust hat. Ja es ist einerlei, ob der Virtuos Künstler, oder Friseur, Farinelli, oder ein Taschenspieler ist.

Angelika hat mir ein angenehmes Geschenk mit einem Paar rabirten Blättern von ihrer Arbeit gemacht, die man in keinem Kupferladen findet. Unter diesen bin ich besonders mit unsers Winkelmanns Bildniß zufrieden; er sizt mit der Feder in der

Hand

Hand vor seinem Pult, und untersucht,
oder umtastet vielmehr, irgend ein Kunstwerk mit dem Flammenblick, welcher in
Apollos Nase Götterverachtung, und den
Herkules im Torso fand.

Fünfter

Fünfter Brief.

London den 25. Sept. 1767.

Alle Reisebeobachter sind gewohnt, allgemeine Schlüße auf einzele Thatsachen zu gründen; daher rührt das schiefe Urtheil, welches man mit kühnem Leichtsinn über Menschen und Staaten ausspricht. Wer die hiesige Verfaßung nicht kennt, und den König, an einem feierlichen Tage, unter seinen Hofämtern erblickt, wie er im glänzenden Haufen, wo er sein Auge hinlenkt, alle Großen niederbeugt, die ihn mit den Zeichen ihrer Würde, mit dem weißen und schwarzen Stab, in dem Kanzler= und Bischofsornat, in schweigender Ehrfurcht umgeben, der glaubt nicht im Lande der Freiheit.

heit, sondern an dem Hofe eines morgen⸗
ländischen Sultans zu sein.

Wenig Schritte von diesem Schauspiel,
in dem Caffé zu St. James, findet er dann
ein öffentliches Blatt, welches über die Re⸗
gierung mit aufrührerischem Frevel lästert.
Lange kan er nicht entscheiden, welche von
beiden Erscheinungen ein Traum war: er
weiß den Widerspruch nicht zu erklären; end⸗
lich glaubt er, mit dem großen Haufen, daß
das Hofgepräng nur eine leere Theaterpracht,
und die Zeitung der Geist und die Stimme
eines zügellosen Volks ist. Welche Bosheit,
ruft er aus, bringt die gepriesene Freiheit
hervor! Wie eingeschränkt ist die Gewalt
des Monarchen, der diesen Troz nicht bän⸗
digen kan! Jeder arme Teufel zuckt dann
bedeutend die Schultern, und preist aufrich⸗

tig

tig sein Schickſal, daß er nicht König von England iſt.

Dennoch iſt ein engliſcher König, ſobald er nicht eigenwillig, ſondern nach den Geſezen, regiert, ein mächtiger, und, wenn das Glück auf irgend einem Throne weilt, auch ein glücklicher Herr. Die Verfaßung hat ſeine Würde zuverläßiger gegen alle Gefahren verſchanzt, ſcharfſinniger von den traurigſten Pflichten, von dem Leiden der Herſchaft befreit, als es irgend ein Staatsklügler ausdenken mag. Er kan nur wohlthun, ehren, belohnen, nur vergeben, und nicht ſtrafen; ſelbſt das Richteramt, welches immer den einen Theil beleidigt, iſt von dem Thron unabhängig: denn auch im Prozeße gegen die Pairs wird der König, durch den High Steward, allein ſimboliſch vorgeſtellt.

Er darf seinen Unterhalt nicht durch Kam=
merkünste aus dem Lande peinigen; was er
einnimt, ist ein freies Geschenk: und wenn
sein Volk unter Auflagen seufzet, so hat
es seine gewählten Vertreter, nicht der Kö=
nig, dazu verurtheilt. Auch seine Minister
sind sicher, unter allem Geheule der Par=
theien, wenn sie's nur verstehn, im Par=
lamente der größern Anzahl zu gefallen.
Chesterfield und Pulteney [1]) haben Robert
Walpolen viele Jahre lang, Schritt vor
Schritt, durch Philippiquen im Craftsmann [2])
verfolgt, ohne daß es ihnen gelang, diesen
stromkundigen Steuermann des Parlaments
zu stürzen.

Jezt

[1]) Der nachher Graf von Bath wurde, und die
Oppositionsparthei verließ.

[2]) Eine periodische Schrift.

Jezt, sind unter den namenlosen brittischen Aretinen und Volkstribunen dergleichen
wichtige Männer nicht mehr; ein Paragra-
phenschreiber (so nennt man hier einen Zei-
tungspolitiker,) und ein elender Kerl sind
meist gleichbedeutende Wörter. Die verwe-
genste Schrift beweist selten etwas mehr, als
daß es einen tollkühnen Dürftigen giebt, der,
mit Gefahr am Pranger zu stehen, sein
Mittagsessen erschimpft.

Der Catilina³) dieses Landes, der nur an
Bosheit, nicht an Einfluß, seinem Vorbilde
gleich, büßt jezt seine Ritterzüge durch ein
langes Gefängniß. Sein Leben war eine
Reihe von Glücksritterstreichen.⁴) Wenn
ihm

3) Wilkes.

4) Ich beziehe mich auf die Thatsachen, die ihm
der Pastor Horne in seinem Streite mit ihm
vorwarf,

ihm die Sänftenträger Beifall zujauchzen,
so verachtet ihn der beßere Theil der Nazion;
und dennoch, als ihn das Gesez niederwarf,
wagte selbst der Pöbel nicht einen Laut; der
neue Brutus ward ohne Lärmen, wie ein
gemeiner Taschendieb, eingesteckt.

Freilich beßert ihn wol diese Züchtigung
nicht; ihm bleibt allein die verdrüßliche
Wahl, entweder fortzuempören, oder im
Gedränge zu verschwinden. Durch redliche
Thaten wird er nicht glänzen; selbst als
Schriftsteller ist er nur mittelmäßig; war
er nicht Staatsverbeßerer, Thronerschütterer,

vorwarf, und die er nicht ablehnen konte, auf
seine öffentliche Lebensart in Frankreich und
Italien, und auf seine Verschwendung in London, welche die Bill of Right's Society bezah-
len mußte.

so würde er höchstens zum politischen Roma-
nenschreiber, oder zum Kunstrichter, taugen. *)

Indeßen kränkt der Frevel, welchen die
Preßfreiheit schüzt, alle Freunde der Ordnung und der bürgerlichen Ruhe, und selbst
eifrige Whigs haben strengere Mittel gegen
ihren Misbrauch gewünscht; aber man fürch-
ter die Hand der Regierung zu wafnen, und
so erträgt man das Uebel, weil es aus der
Freiheit, dem größten Vorrecht der Menschheit;

5) Er versuchte eine Geschichte von England zu
schreiben: aber die ersten Hefte waren so elend,
wurden mit einem solchen Hohngelächter aufgenommen, daß er den Einfall klüglich aufgab.
Mit einem Fluß von Worten und vieler Inso-
lenz wird man im Partheienzanke berühmt:
aber über Schriften, wo dies Interesse fehlt,
urtheilt das kalte Publikum strenger.

Erster Theil.   M

heit, entspringt, wie hier und da eine schädliche Pflanze aus einem wohlthätigen Boden sproßt. Weder Locke, noch Roußeau,
noch Hume, haben je eine Regimentsver-
faßung erkünstelt, welche frei von Gebrechen
und Widersprüchen wäre; alle wiegen sich
in verschiedenen Zeiten nach Anarchie, oder
Knechtschaft hin; oft sind die Mittel gifti-
ger, als die Krankheit; wenn man es zu-
geben muß, daß Freiheitsliebe bei diesem
Volke zur unanständigen Schimpfsucht artet,
so dulden die Britten auch wieder, daß man
sie, in dringenden Staatsgefahren, wie Ne-
gersklaven, zum Dienste preßt.

In den bittersten Schriften dieser Zeit
wird jedoch der persönliche Charakter des
Königs geschont. Wahre Tugend erzwingt
unwillkührliche Ehrfurcht, und schreckt auch

die

die verwegenſte Bosheit zurück. Alle Un-
zufriedene geſtehn, daß er ſeine hohe Pflichten mit warmer eifriger Treue erfüllt. Er
hat ſeinen Tag nach einer ſtrengen Ordnung
vertheilt, und verſchwendet für ſich nicht
eine Stunde, welche ſeinem Volke gehört.
Kein Staatskundiger in dieſem Lande iſt
gründlicher, als er, von dem Zuſtand der
Finanzen, der Flotte, der Kriegsmacht unterrichtet. Wer den täglichen Wandel dieſer
Gegenſtände und ihren weiten Umfang kennt,
begreift es kaum, daß er auch ſeine deutſche
Staaten mit einer gleich eingreifenden, durch-
ſchauenden, alles umfaßenden Sorgfalt regiert: und dennoch iſt er nur bei ſeinen Mi-
niſtern, im Rath, und in St. James König; er erübrigt ſich Zeit für den Genuß des
häuslichen Glücks. In der Königin Palaſt

 iſt

ist er Freund und Beschützer der Wißenschaf-
ten und Künste, liebevoller Vater und zärtlicher Gatte. Wahre Freuden der Ehe ge-
deihen festen am Thron: aber selbst in der
Hütte würde so ein Paar die Ehrfurcht des
Weisen verdienen. Charlotte verherlicht die
Wahl des Monarchen durch ihre sanfte,
Herzen gewinnende Gaben. Sie wandelt
in einer verdorbenen Zeit, im Gewühl der
Hofintriguen und Künste, mit einer Grazie, welche den Weltmann entzückt, und einer Tugend, die den Himmel befriedige.

Ich habe vor wenig Tagen ihren Palast
mit einem lebhaften Vergnügen besehen.
Unten wohnt der König, im zweiten Stok
die Königin; die obern Zimmer sind einer
Büchersamlung gewidmet, welche merkwür-
diger durch ihre Wahl, als durch ihre Menge,

ist

rc. Hier fehlt der Raum für den Haufen
Müßiggänger, welcher sonst in den Schlößern
der Könige wimmelt; außer der königlichen
Familie ist nur für unentbehrliche Bediente
Plaz. Sie glauben in dem reinlichen Hause
eines weisen begüterten Privatmanns zu
sein; was vielleicht allein den Besizer ver-
räth, sind die herrlichsten Werke der Kunst,
welche man aus allen Schlößern hier versammelt und zum täglichen Genuß aufgestellt hat.

In den Königspalästen hat mich immer
der Mißklang zwischen Pracht und Mangel,
die wenige Achtung für Einheit im Ganzen
beleidigt; vergoldete Gemächer und schlech-
tes Geräth, überladene Kabinetter und öde
Säle, neuer und veralteter Zierrath, Verschwendung ohne Bequemlichkeit: alles trägt

                        das

das Gepräg mannichfaltiger Launen, je nach=
dem Marschälle, Günstlinge, Hofintendan=
ten ihr kurzes Dasein verewigen wolten;
hier aber athmet durch alles der Geist des
Monarchen, vernünftige Wahl und gefällige
Ordnung, ein sanfter geläuterter Geschmack.

Ein rechtschaffener Mann, und noch viel=
mehr ein tugendhafter, rechtschaffener Kö=
nig, ist Gottes erhabenstes, edelstes Werk.
Ich werde nie an Georg den dritten, als
mit der reinsten Verehrung, denken; dem
ungeachtet ist es möglich, daß seine men=
schenfreundliche Regierung für England nicht
die glücklichste sein kan. Großbritannien
nähert sich der Epoche, in der sich Rom be=
fand, als Asien geplündert war. Seine
Triumfe im leztern Kriege, die Eroberun=
gen in Indien haben Reichthum und ver=

verdorbene

dorbene Sitten, Ueppigkeit und Hochmut verbreitet.

Heldenkraft eines Volks wird durch Widerstand genährt, und ermattet jenseit des Zieles. Dieser Staat ist auf dem Punkt der Reife, welcher an das Verwelken grenzt. Eigener Troz und fremder Neid, Ohnmacht und Verachtung aller Gefahren, nehmen in bedenklichen Verhältnißen zu.

Diese periodische Flut und Ebbe, welche alle Staaten fortreißt, hält keines Königs Weisheit auf, weil die Vorsehung keiner Tugend einen Freibrief gegen ihre Rathschlüße verleiht. Aber auch unter widrigen Schicksalen stralt diese Tugend auf die Folgezeit, und die Geschichte sondert das Verdienst des Monarchen von seinem Glück.

M 4   Sechster

Sechster Brief.

Paris den 5. Nov. 1768.

In Marlettens Kabinet befinden sich, unter vielen, aus Crozats Samlung gekauften Schäzen, auch eine Anzahl Zeichnungen von Raphael, deren einige vormals der Königin Christina gehörten, und zum Theil mit ihrer Hand bezeichnet sind.

Zwei darunter machten mich aufmerksam. Sie sind sorgfältig mit der Feder entworfen, und stellen beide einerlei Gruppe rathschlagender Personen vor; auf der einen sind die Figuren nackt, auf der andern die Gewänder behutsam über das Nackte gelegt. Ich folge gern dem Künstler von seiner Darstellung zurück, durch alle Momente der Entwicke:

wickelung, bis zur Empfängniß des ersten Gedankens; denn, nicht wenn man die vollendete Schöpfung, sondern wenn man werden sieht, erräthet man den Gang des Geistes, und die Geheimniße der Kunst. In der ersten Zeichnung war Raphael dreimal mit dem einen Arm unzufrieden: erst war die Bewegung zu heftig für die ruhige Stellung der Person; eine andere Richtung lief zu gerade mit dem Arm einer nahestehenden Figur; eine dritte mehr ausgestreckte ließ eine harte Lücke übrig, und vereinigte die Gruppe nicht; nur die vierte gelang, und blieb, mit harten, gleichsam unwilligen Strichen, entschieden. Die Falten auf der zweiten Zeichnung sind verständig, nach den Schwingungen des Kontours, in große Maßen geordnet; da das Nackte unter den

Falten

Falten liegt, so werden die Brüche anschau=
lich durch die Lage und Bewegung der Glie=
der gewirkt. Einige dieser Brüche sind nicht
jezt entstanden, sondern durch eine vorherge=
hende Richtung gebildet: man kan aus die=
ser Skizze eine Stelle von Mengs erklären,
wenn er rühmt, daß man in Raphaels Fal=
ten entdecke, in welcher Lage das Glied vor=
hergewesen sei. Raphael entwarf die Gruppe
zweimal nackt, und ließ die eine unbekleidet,
um zu vergleichen, scharf zu prüfen, ob das
Gewand dem Körper überall mit Anstand
und Liebe folge, und keine Schönheit ein=
hülle. Nun war der Gedanke berichtigt;
der Künstler führte mit Sicherheit aus, aber
ohne Frechheit der Hand, mit einer bedäch=
lichen Festigkeit. Sie finden in Raphaels
Arbeit die wilden Pinselklekse nicht, die wir

als

als eigenthümliches Gepräg der größten Meister anstaunt; er war immer schwer mit sich zufrieden, und blieb noch als Sieger bescheiden im Wettstreit mit der Natur. — Also allerdings ein dürftiger Kopf: das Genie schafft, es veranstaltet nichts; es bildet und ünstelt nicht; es ruft allmächtig seine Wesen aus dem Chaos hervor; seine Werke sind Früchte aus den Gärten des Himmels, die ohne Baum und Blätter treiben. Klopstock, der ein halbes Leben feilte, Laokoons Schöpfer, der Jahre lang gehämmert hat, um durch sanfte, langweilige Meißelschläge, den athmenden Stein mit einer weichen Menschenhaut zu umgeben, sind Ciselirer, keine Genies. Die Bouchers, die De Hays, die la Grenées zaubern fertiger Götter- und Menschengestalten aus einer Feenwelt herab;

diese

diese gaukeln dann in behaglichen Krämpfen
auf lauter Purpurwolken, schweben in der
goldenen Morgenröthe, in gewebte Luft gekleidet, — und auf ihren durchsichtigen Kör-
pern spielen alle Regenbogenfarben. Freilich, wenn, nach Jahrhunderten, der For-
scher noch andächtig bei Raphaels Federstri-
chen weilt, so wandelt er die bunte Tapeten
mit kaltem Widerwillen vorbei.

Bouchardon war Mariettens Freund,
und hat ihm den größten Theil seiner Zeichnungen überlassen. Hier ist noch hohe Ein-
falt, — gemäßigter Ausdruck, Bedeutung,
Ebenmaaß und edle Form; dennoch werfen
ihm eigensinnige Kenner vor; auch er habe
um den Weihrauch seiner Zeit gebult, seine
Umrisse zu schlaff geschwungen; zu weich
und rundlich ausgeführt; aber unter diesen

verzär-

verzärteten Volk war gleichwol Bouchardon
der lezte Römer: neben den Pigalles und
den le Moines ragt er, wie ein freier Se-
nator unter den Höflingen der Kaiser, hervor. Hier steht von ihm, der Ewigkeit heilig, der Brunnen in der Straße Grenelle,
und Ludwig des XV. metallenes Bild. Er
war stolz auf seine Kunst, und verachtete
den Neid. Ihn quälte nie ein fremdes Verdienst; er konte haßen und gerecht sein.
Man trug ihm die Bildschule Friedrich des
Fünften in Dännemark an: „Ich,“ gab er
zur Antwort, „habe kaum mein Tagewerk
vollbracht, aber ich empfehle Saly, einen
jungen Künstler, der es nicht schlechter machen wird, als ich;“ und Saly war sein er-
klärter Feind.

Von Mariettens Kupfersamlung ist es schwer einen Begriff zu geben. Sie ist unstreitig die reichste, die je ein Privatmann besaß; sein Großvater und Vater haben bei ihrem weitläuftigen Büchergewerbe auch mit Kupferstichen gehandelt; er und sein Vater wurden zur Einrichtung großer Kabinetter gebraucht; in einer Zeit von mehr als hundert Jahren haben sie immer geringere Abdrücke gegen beßere vertauscht; die berühmtesten Werke sind vollständig; es fehlt nicht ein wichtiges Blatt, und die seltensten sind beßer erhalten, als in des Königs Samlung. Ich habe hier korrigirte Probedrucke von Albrecht Dürer, und Pontiusse und Vorstermanne von Rubens Hand retuschirt gefunden.

Es

Es ist eine Freude mit dem Beſizer zu
leben. Jezt noch in ſeinem Alter genießt
er mit Entzücken die Wolluſt, welche das
Gefühl hoher Vortreflichkeit gewährt. Ge=
fallen an Schönheit erhält den Geiſt in
ewiger Jugend. Wir betrachteten neulich
mit einander den Palaſt Lambert, wo le
Sueur und le Brün um die Wette malten,
und der erſte den Preis für alle Zeiten da=
von trug. Sie hätten ihn da ſehen ſollen,
wie er, mit aufwärts gewandtem Kopf,
den Göttinnen an der Decke ſeine Liebe
dichteriſch erklärte, und ſich über meine
Theilnehmung freute. So ein glücklicher
Greis beſtätigt, was Cicero ſagt: die Müh=
ſeligkeiten des Alters ſind kein unvermeidli=
ches Elend. Wir vernünftelu eine Menge
Uebel in das ganz erträgliche Leben hinein;

auch

nach dieser Epoche hat die Natur ihre eige=
nen Freuden zugemessen, und nicht, wie
ein schlechter Dichter, den lezten Akt im
Drama verhudelt.

Neuere Anmerkung zu diesem Brief über ein Paar Stellen von Mengs und Leßing, Raphaels Falten betreffend.

Mengs sagt: Alle Falten bei Raphael
haben ihre Ursachen, es sei durch ihr eigen
Gewicht, oder durch die Ziehung der Glie=
der. Manchmal sieht man in ihnen, wie
sie vorher gewesen. Raphael hat auch sogar
in diesem Bedeutung gesucht. Man sieht
an den Falten, ob ein Bein, oder Arm,
vor dieser Regung, vor oder hinten gestan=
den; ob das Glied von Krümme zur Aus=

streckung

streckung gegangen; oder, geht, oder ob es ausgestreckt gewesen und sich krümmte.

Leßing führt diese Stelle im Laokoon an S. 179, und sezt hinzu: Es ist unstreitig, daß der Künstler in diesem Falle zwei verschiedene Augenblicke in einen einzigen zusammenbringt. Denn da dem Fuße, welcher hinten gestanden, und sich vor bewegt, der Theil des Gewands, welcher auf ihm liegt, unmittelbar folgt; das Gewand wäre denn von sehr steifem Zeuge, das aber eben darum zur Malerei ganz unbequem ist: so giebt es keinen Augenblick, in welchem das Gewand im geringsten eine andere Falte machte, als es der jezige Stand der Glieder erfodert; sondern, läßt man es eine andere Falte machen, so ist es der vorige Augenblick des Gewandes; und der jezige des Gliedes; denn ungeachtet, wer wird es mit dem Artisten so genau nehmen, der seinen Vortheil dabei findet, uns diese beiden Augenblicke zugleich zu zeigen? wer wird ihn nicht vielmehr rühmen, daß er den Verstand und das Herz gehabt hat, einen solchen geringen Fehler zu begehen, um eine größere Vollkommenheit des Ausdrucks zu erreichen.

Alles scharfsinnig gesagt! aber Raphael beging keinen Fehler, und zeigt auch nicht zwei Augenblicke zugleich. Wer seinen Arm im Schlafrock, oder in irgend einem weiten Gewande, so bewegt, daß er einen scharfen Winkel mit dem Ellbogen macht, bringt Falten in der Beugung hervor, deren einige bleiben, wenn der Arm wieder langsam ausgestreckt wird. Ein Frauenzimmer im taffeten Kleide wird im Gehen mit dem

Knie

Knie, welches vorschreitet, eine Bucht ins Zeug drücken, von der noch Spuren übrig sind, wenn der andre Fuß schon nachkömt. Es war also kein Künstlerkniff, kein Betrug, um einen größern Ausdruck zu erreichen, sondern wahr geschilderte, nachdenklich gewählte Natur; dadurch wird Bewegung angedeutet, indem man Falten ausdrückt, die, ohne eine bestimte vorhergegangene Bewegung, nicht da sein könten. „Aber nur im steifen Zeuge,“ wird Leßing antworten, „das in der Malerei nichts taugt.“

Die guten Maler aus der römischen Schule ahmten, wie Reynolds richtig anmerkt, keinen Stoff, keine Zeuge nach; man unterscheidet weder Tuch, noch Seide; es sind Falten, es ist Draperie, und die Ursache leuchtet ein. Ich seze sie nur darum

her,

her, weil ich mich nicht erinnere, sie irgend=
wo gelesen zu haben. Man kan die Gat=
tungen aller Zeuge bis zur höchsten Täu=
schung nachäffen; aber die Menschengestalt,
die Farbe der Haut, die unendlichen Nüan=
ten des Fleisches, in verschiedenen Geschlech=
tern, Altern, Leidenschaften, nach dem
Grade der Beleuchtung und Haltung, blei=
ben immer, gegen die Natur, nur ein ähn=
liches Bild, ein Konterfei, Similitudo.
Darum sizen denn auch die gemalten Bilder,
in Rigauds und Battonis Werken, in wirk=
lichem Sammt von Genua und in Lionner
Atlaß; die Zauberei des Zeuges entzaubert
die Figur. Der weise Künstler opfert die
Manufakturvortreflichkeit auf, weil sie höhere
Zwecke vernichtet. Raphaels Gewänder sind
keiner Weberei nachgepinselt, sondern Ideale,

aus

aus verschiedenen Arten zusammengesezt, zwar große glanzlose Massen, wie im wollenen Zeug: aber, weil die Falten in Flanellen und Tüchern nur stumpf und rundlich brechen, und durch ihre Schwere gezerrt sind, so ärten seine Falten mehr nach mäßig gestelftem seidenen Stoff; da bilden sich die Triangeln schärfer, und die Parthien sezen sich empfindlicher ab. In dieser angenommenen Natur konten allerdings im jezigen Augenblick noch Falten sichtbar bleiben, welche die vorhergegangene Bewegung des Glieds hervorgebracht hatte.

Ich bitte Leßing, meine Meinung zu prüfen, und dann zu entscheiden. Wenn ich mit ihm uneins bin, so traue ich meinem Urtheil nicht. Ich weis meinen Freund nichts zu lehren, aber lerne täglich von ihm.

 Sieben-

Siebenter Brief.

Paris den 12. Nov. 1768.

Das Schauspiel der Moden beluſtigt in
Frankreich mehr als irgendwo, weil es, wie
die Bilder einer Zauberlaterne, abwechſelt,
und nie ſo einförmig wird, als unſre Nachahmung. Mancher deutſche Hof in ſeiner
Gala ſieht aus, wie ein Aſſortiment Dresd-
ner Puppen aus Einer Form und von Einer
Glaſur. Eine junge Franzöſin iſt ehrgeiz-
ger; ſie erfindet ihren Puz ſelbſt, oder ändert die Mode nach ihrer Geſtalt, und verſteht mehrentheils ihren Vortheil. Auf einem Ball bei dem Prinzen Soubiſe ſah ich
alle junge Damen verſchieden gekleidet; jede
war auf eine eigenthümliche Art aufgeſezt,

garnirt

garnirt und verziert. Freilich wird ein neues
Kopfzeug so ernsthaft untersucht, wie ein
neues Drama; und wenn manche Erfindung
ihre Jahrszeit durchlebt, so fallen auch an=
dere am Tag ihrer Geburt.

Alles, was für den Nachttisch bestimt
ist, gehört hier ins Gebiet des Genies. Es
giebt in Paris Artistes en fait de Juppes à
baleine und Artistes perruquiers. Die Aka=
demie der Wissenschaften untersucht nicht im=
mer Maschinen, um Pfröpfe aus Bouteil=
len zu ziehen; *) sie erhebt sich oft zu ge=
meinnüzigern Gegenständen, und ernennt
Kommißäre, um einen neuen Lockenbau zu
prüfen. Mir ist folgendes ehrenvolle Zeug=
niß bekant: L'Académie ayant examiné
les ouvrages du Sieur Garasse, Artiste co=
 *) S. Hogarth's Mariage à la Mode.

ffeur des Dames, elle atteste la solidité
de son tissu, reconnoit l'élégance de ses
formes & applaudit à son zele ingénieux.
Leider hilft das Brevet dem Künstler nicht
immer; man appellirt von der Akademie an
eine Tänzerin.

Ich ging gestern zu einer berühmten
Modehändlerin, welche Puppen durch ganz
Europa versendet. Hier sah ich mit Unmut
ein Heer Automaten, furchtbarer für uns
als ein gallisches Kriegsheer, weil es uns
schon Jahrhunderte lang brandschätzt. Eine
Puppe kam mir vorzüglich abgeschmackt vor:
ist sie verkauft? fragte ich. Oui, Monsieur,
elle est destinée pour le Nord, où l'on
aime les couleurs singulieres & le merveil-
leux. Aber hat man sich in Paris je so gekleidet? Eh, mon Dieu, non, Monsieur!
mais

mais on a des magazins à vuider, il faut
de la varieté, & il s' agit de satisfaire au
goût de chaque nation. Ich ward erbit-
tert bei dem Gedanken, daß vielleicht bald
die Puppe im Puzzimmer einer deutschen
Prinzeßin anlangt; daß sie dann den Hof
und die Stadt umbildet, und ganze Gar-
deroben zum Trödel verurtheilt; daß sie
manchem Ehemann heimliche Seufzer, mancher modesiechen Frau ihren Schlaf kosten
wird; daß sie Freundschaften trennt und
Gallenfieber ausbrütet, diese misgestaltete
Brut der Phantasie eines elenden Weibes,
das, von ihrem Boden herab, uns plündert
und verspottet.

Zum Theil sind wir durch die Anglomas
nie der heutigen Franzosen gerächt. Sie
treffen überall auf wandelnde Riding-Coats,

in

in deren Falten ein gebrechliches, übel eßaui-
chirtes, halb wieder aufgelöstes Wesen zap-
pelt, oder auf englische Fuhrwerke, über-
thront von einem Kutscher aus der Titanen-
familie, der Streitrosse mit einer Donner-
stimme lenkt; hintenauf haben sich noch ein
Paar Riesen gelagert; nebenher springt nicht
selten ein furchtbarer Hund, und in einer
Ecke des Kastens werden Sie das einballirte
Restchen einer alten Familie gewahr. — es
jammert Sie des mit Ungeheuern umringten
Pigmäen.)

Zu gleicher Zeit wimmelt's von Englän-
dern hier, die durchaus Pariser Stuzern
ähnlich sein wollen. Nichts ist hudibrasti-
scher, als ein nerviger Britte, wenn ihn
sein Schneider französisch aufgezäumt hat,
und er sich bäumt und sträubt im ungewohn-

ten

ten Zeuge, wie ein ungebrochnes Pferd im Schlittengeschirr. Sonderbar ist es, daß die Söhne der Freiheit sich knechtisch unter jede Mode bequemen, und daß der unterthänige Franzos immer eine Nationalverzierung anbringt. Er steckt in seinem Reitknechtshabit einen großen Blumenstrauß an die Brust, und hinter seinem Nacken schwillt der kleine englische Kadogan zur Größe eines Puddings. Wenn Miß ihren mit einer Rose geschmückten Chips-Hat auf die Mitte ihres braunlockigen Kopfs sezt; so hängt der Chapeau à l' angloise schief auf der gepuderten Französin, und die Rose wird zur Guirlande. Auch die gerühmten Kostumetrachten auf dem hiesigen Theater sind alle so durchfranzösirt, daß sie nicht mehr kentlich sind.

Ich

Ich schweige von meinen Landsleuten; ihre Mißgestalten belustigen mich nicht. Es geht mir nahe, manchen mit dem Clinquant aller Nationen ausstaffirt zu sehen, wie einen von Europäern beschenkten Wilden; zu hören, wie man es belacht, daß ein ehrlicher Deutscher immer jede neue Thorheit auf sich pfropft. Viele sind mit einer allgemeinen Musterkarte drapirt, und tragen ihre Reisegeschichte auf sich herum; man kan ihnen, von ihrem Hut zu den Stiefeln, aus Italien, durch Frankreich, nach England folgen, und durch die bunte Lasur leuchtet oft eine herbe Grundfarbe von Studentenelegant durch. Warum reisen wir nicht später, wann Kopf und Herz fester sind? Nun flattern wir in die Welt, wie ein weißes Blatt, das jeder Thor mit seinem Wahn-

wiz

ütz befleckt, und oft mit unauslöschlicher Schrift.

Ich preise unsre Landsmänninnen. Sie haben doch der Schminke widerstanden. Hier ist sie nicht mehr Koketterie, sondern nothwendiger Theil des Anzugs. Neulich entlief mir eine Dame im Begriff in den Wagen zu steigen, und rief mit aller Würde des tragischen Entsezens: ah grand Dieu! j'ai oublié mon rouge. Nur verächtliche Dirnen ahmen in Frankreich durch das Roth die Farbe der Natur nach, une honnête femme met le rouge à tranchant. Sie trägt nämlich unter jedem Aug einen scharf abgeschnittenen karmosinfarbigen Fleck auf. Ich finde diese Flecken leidlicher auf einem lederfarbenen alten Gesicht, als auf jugendlichen Wangen, weil sich auf jenem die Nüance

sanfter

ſanfter vereinigt. Welchen Unſinn man nicht
aus Gewohnheit erträgt! Wer zuerſt ſeinen
Kopf in einem Mehlſack herumkehrte, und
es wagte in einer ehrbaren Verſamlung zu
erſcheinen, würde zuverläßig dem Arzt em-
pfohlen; und wir lachen über die Römerin-
nen und ihren Puder aus Goldſtaub, über
die ſchwarzen Zähne in Indien, über die
gelben Finger in Aegypten? Ich ſah ein
Bild einer bekanten Schönheit aus der Zeit
Ludewigs des XIV, als Göttin der Liebe in
einem Wagen von Tauben gezogen — mit
einer Fontange. Das ging an im großen
Jahrhundert des Geſchmacks. Wie ſehr
muß alles Gefühl aßarten, eh der weſpen-
artige Leib unſrer Mädchen gefällt, eh wir
uns mit den Reifröcken ausſöhnen, die ein
engliſcher Schriftſteller ein verkehrt angeleg-

tes

tes Festungswerk nennt! Als die Frau eines
dänischen Konsuls die Gemahlin des Kaisers
von Marokko besuchte, fühlte diese neugierig auf dem Reifrock herum, und fragte voller Erstaunen: „bist du das alles selbst?"
Unsere Mütter hatten ihre Außenwerke, nicht
viel scharfsinniger, hinten angebracht. Es
sind noch Strafgeseze gegen den widernatürli-
chen Prachtgeschwulst übrig. In Franz des
Ersten Zeiten ließ sich jeder ehrbare Mann
barbiren, und nur die Stuzer trugen Bärte.
Ich finde in einer Stelle des Ben Johnson,
daß eine Tobakspfeife damals unter die Nip-
pes eines zierlichen Herrn gehörte, und daß
man sie am weiblichen Nachttisch mit eben
dem wichtigen Anstand, wie jezt eine Riech-
flasche, herauszog. Als Madame de Mot-
teville den Hof der Infantin und künftigen

Ge-

Gemahlin Ludwigs des XIV. sah, war es
Mode bei den spanischen Damen, die Brust
zu bedecken und den Rücken zu entblößen. Es
verdient bekanter zu werden, daß vor einigen
Jahren eine Französin, auf dem Spazier‐
gang des Palasts von Orleans, mit lilasfar‐
bener Schminke erschien, und es ist unbe‐
greiflich, daß der Versuch ohne Nachah‐
mung blieb.

Die Geschichte des Menschen ist oft dem
Tageregister eines Bedlams ähnlich; sie er‐
zählt die Visionen der Kranken. Was uns
heut als Triumf des guten Geschmacks vor‐
kömt, sinkt vielleicht morgen zum Unsinn her‐
ab. Wir gähnen bei dem Witz unsrer Väter;
merkt's euch, ihr Lustigmacher des Haufens,
die ihr von Ewigkeit träumt!

Achter

Achter Brief.

Madame Geoffrin, die ihr großes Vermögen gaſtfrei und edel genießt, giebt wechſels-
weiſe an Gelehrte und Künſtler, zweimal
die Woche, eine Tafel von mehr als zwanzig Gedecken, und bittet jedesmal Fremde
dazu; dieſe müſſen ihr aber durch alte Freunde empfolen ſein.

Hier wird man mit merkwürdigen
Männern bekant; Alembert, Helvetius,
Marmontel, Mariette, Cochin, Souflot
Vernet, ſind ihre gewöhnlichen Gäſte. Es
iſt Sitte, daß jeder für ſeine Zeche eine
Neuigkeit mitbringt; da trägt man Verſe
und Proſe, Manuſkripte und Bücher, Ge-

Erſter Theil.　　　　　O　　　　　mälde,

mälde, Vasen und Büsten zusammen. Wir haben gestern Hamiltons Hetrußische Gefäße, la Chappe's französirtes Siberien,[1] ein Blumenstück von Bachelier, und einen Frauenskopf von Pigalle gerichtet. So eine Ausstellung wird Reiz und Nahrung des Geistes, man entfaltet und berichtigt die Begriffe des Schönen, der Kenner wird durch das Urtheil einer solchen Versamlung geübt, so wie ihr Beifall den Künstler belohnt; ein Fremder erntet hier Unterricht,

ohne

[1] Dieser tiefsinnige Mann reiste auf einem Schlitten in wenig Monaten durch Siberien, und lernte nicht allein Sitten, Gebräuche, Verfassung und Geseze kennen, sondern beschrieb auch die Erdschichten einige Klaftern tief, in einer Strecke von viel tausend Wersten, und ließ nach seiner Erzählung, in Frankreich rußische Figuren stechen.

ohne Verschwendung und Ciceronen, im Genuß der geselschaftlichen Fröhlichkeit.

Von der Wirthin macht man sich in andern Ländern ein seltsames Bild. Eine sil-
bergraue Dame, die ohne Geburt, und ohne
Bücher zu schreiben, Genies und Fürsten
an sich zieht, muß, denkt man, entweder
der erste Geist in der Nazion, oder vielleicht
ihr Koch der größte Künstler sein. Allgemein glaubt man doch eine hochtrabende Pre-
tieuse zu finden, die für ihre Gerichte Weihrauch begehrt, und in einem Kreise von
Schmarozern, durch flache Wizeleien, den
Ton giebt. So schildert sie wirklich eine Le-
gion erzürnter Skribenten, die niemals eingeladen werden; denn es giebt eine Gattung
wiziger Köpfe, welche andern lieber Unsterblichkeit, als ein gutes Mittagsessen, gön-

                nen,

nen. Ich erwartete wirklich etwas dergleichen, und ward nicht wenig betroffen, als
mich eine gutmütiggrämliche Matrone empfing, die sich weder ziert noch zurecht sezt,
ihr Gespräch mit keiner Redensart anhebt,
und gleich durch ihre runde Höflichkeit einnimt. So bleibt sie im Umgang mit Bekanten und Fremden, und man wird nicht
den entferntesten Anspruch auf Gelahrheit
gewahr.

Bloß aus Neigung zum Schönen und
Guten, hat sie, von Jugend an, die Gesellschaft verdienstvoller Männer gesucht; ihr
aufgeklärter Verstand wird von ihren Freunden nicht höher, als ihre Tugend, geschäzt;
sie hat zwar viel geforscht und gelesen, aber
nicht in der Absicht, um Sisteme zu bauen,
und Blumen für den Vortrag zu sammeln;

sondern

ſondern Kraft und Geiſt, Philoſophie des
Lebens hat ſie aus ihren Büchern geſchöpft.
Noch ſchweigt ſie lieber, als ſie mitſpricht,
und ſpottet oft ſelbſt über ihre Unwiſſenheit,
wenn ſie Namen und Zeiten verwechſelt,
und Kunſtwörter unrichtig anbringt. Ihre
Sprache hat ſich allerdings im Kreiſe ſcharfſinniger Menſchen verfeinert; dennoch iſt
ihr Ausdruck weder erborgt, noch geſucht;
ſie urtheilt immer mit heller Vernunft, nimt
Theil, begreift und überſieht verwickelte viel-
ſeitige Fragen; oft hört ſie einer tiefen Un-
terſuchung mit ſcheinbarer Gleichgültigkeit
zu, ſagt dann ihre Meinung mit wenig Worten, und man findet die Sache erſchöpft.
Sie ſcherzt mit einer ernſthaften Miene, ha-
dert zuweilen mit einer launigen Wendung,
und verſteht es, Verweiſe ſo anzubringen,

O 3

daß

daß man sie dafür noch lieber gewint. Neu¬
lich sagte sie dem Prinzen E. einem dreizehn¬
jährigen muntern Knaben, und Sohn der
noch immer schönen Madame de Saches,
weil er mutwillig war: „que lorsqu'on est
„Prince, il faut être aimable, ou vous au¬
„riés tort d' être né dans ce rang.“—

„Mais comment faire, Madame?“—

„Soyés aussi poli & aussi sage, que votre
„Mere est belle, & nous vous aimerons.“ —

Folgendes Urtheil von dem schlüpfrigen
Crebillon wird Ihnen gewiß nicht mißfallen.
Es war die Rede von seinem neuen ehrba¬
ren Roman, den Briefen de la Duchesse
de R. die niemand liest, weil sie langweilig
sind. obgleich alles züchtig und tugendhaft
zugeht.

Ce Poliſſon, ſagte ſie, vivoit autrefois dans une ſociété de femmes libres, où il brilloit par la Catinerie de ſes propos: ſes ordures lui ont fait une reputation; mais on eſt bien à plaindre, lorsqu'on n'a que cette vilaine ſorte d'eſprit. Vous voyés, que dans un age plus mûr, il a voulu écrire comme un honnête homme, & il a fait un plat ouvrage. Un chaſte Roman de Crebillon eſt, comme une Epigramme ſans pointe.

Ich ſage nichts von ihrem moraliſchen Werthe. Sie wird von allen ihren Bekanten und Hausgenoßen geliebt, von den Armen angebetet; ihre Kaſſe iſt allen Unglücklichen offen; ſie unterſtüzt das beſcheidene Verdienſt, und weis ihm Schamröthe und Dank zu erſparen. Ihre Wohnung allein

 verdient

verdient den Besuch eines lernbegierigen
Fremden; sie enthält Meisterstücke französi=
scher Künstler. Ihre Treppe wird von zwei
marmornen Kariatiden von dem berühmten
Saly getragen. In ihren Zimmern hängen
die Gemälde der Korintherin und Athenerin,
und die opfernden griechischen Mädchen von
Vien, welche Flipart in Kupfer gebracht
hat. Sie besizt herliche Landschaften von
Vernet, unter andern die Schäferin der Al=
pen, nach einer Erzählung von Marmontel,
verschiedene Stücke von Vanloo und Greuze,
und alle Originalzeichnungen von Cochins
Profilen berühmter jezt lebender Männer.

Unter den Fremden, welche man gewöhn=
lich hier antrift, ist ein edler deutscher Prinz,
der mich auf unsere Fürsten stolz machen
würde, wären mir viele von dem Gehalte
bekant.

bekant. Seine bescheidene Tugend wird, ohne mein Lob, hervordringen und glänzen, zur Ehre des Vaterlands. Alle vornehmen Polen besuchen die Freundin ihres Königes. Wir sehen hier täglich den Prinzen Adam Czartorinsky, der von den besten Menschen in Europa geschäzt wird.

Einen beständigen Gast der Madame Geoffrin und meinen Liebling sondere ich mit Partheilichkeit aus; dies ist der Abt Galiani, ein Neapolitaner und Gesandschaftssekretär seines Hofes. Ich kenne Niemanden, dem man lieber begegnet, den man gieriger hört, der so unumschränkt herscht in der besten Gesellschaft, ohne Misvergnügte zu machen. Er hat wenig 2) geschrieben; aber alles solte

O 5

man

2) Damals nur ein statistisches Werk della Maneta. Nun sind seine Dialogues sur le commerce

man drucken, was seinen Lippen entfällt:
denn es ist treffender Witz, Schlag auf Schlag,
Spott, der nicht beleidigt, und Gelehrsam-
keit und Menschenkentniß, so leicht und spie-
lend ausgegossen, als wär es alltäglicher
Hausverstand. Was er sagt, ist so einzig
und eigen gestempelt, daß man über die al-
lerbekantesten Dinge etwas nie gehörtes erfährt; in seinem wunderbaren Gedächtniß
erhält sich alles ohne Wandel und Abgang;
er hat alles gelesen und durchforscht, von
den Kirchenvätern an, bis zu den Feen-
mährchen, und liest jetzt nichts mehr, wie er
drollig versichert, als den Almanach; denn
es ist, nach seiner Meinung, das einzige

Buch,

merce des grains bekant; und ich kenne noch
ein kleines theatralisches Stück, der neue Sokrates, das ohne seinen Namen herauskam.

Buch, welches unwiderlegbare Wahrheit enthält.

Von den Franzosen will ich ein andermal reden. Wer die Nazion will schäzen und lieben lernen, muß dieses Haus nicht vorbeigehn. Die Hauptstadt vollendet den Mann von Geschmack, und hier ist die Auswahl der seltensten Geister, die Paris in seinem Umfang einschließt. Es ist nun schon allgemeiner Glaube, daß die Freundschaft der Madame Geoffrin den Ruf vorzüglicher Gaben bestätigt.

Neunter

Neunter Brief.

Paris den 20. Nov. 1768.

Wer Lust hat einen Weisen zu sehen, unter diesem sibaritischen Volke, der nahe sich ehrerbietig, wie man sich den Gängen der Akademie zu Platons Zeiten nahte, um fünf Uhr Nachmittags den Zimmern der Mademoiselle de l' Espinasse, wo, in einem auserlesenen Zirkel, Alembert erscheint. Dies ist der Mann, der aus sich selber Fülle der Zufriedenheit schöpft, der, wie Cicero sagt, omnia sua in se posita esse, humanosque casus virtute inferiores putat.

Er hat über den Werth der menschlichen Dinge seine Prüfung vollendet, die Grenzen unserer Erkentniß umwandelt, und bestimt,

ſtimt, mit mathematiſchem Scharfſinn,
wo Wahrheit und Träume ſich ſcheiden.
Wenn er, mit Bakons hellem Blick, alle
Wiſſenſchaften durchſchaut, überall entdeckt,
berichtigt, aufklärt, ſo übertrift er den
Britten, durch ſeinen Geſchmack, durch ſein
feines Gefühl des Schönen, und durch die
Unſchuld ſeines Lebens. Er iſt eher kalt, als
einladend; aber darum iſt Gefühl eigener
Würde nicht Stolz bei dem Mann, der ſich
auf der einmal erſtiegenen Höhe feſt hält.
Strenge Wahl der Geſelſchaft iſt kein Ei-
genſinn, wenn man das kurze Leben nicht
vertändeln will, unter leeren Köpfen, die
ein Kompliment, wie ein Sonnenſtral Mü-
cken, herbeizieht. In dem Kreiſe ſeiner
Freunde, unter Menſchen, die er ſchäzt,
iſt er gütig, ſanft, beſcheiden; dann theilt

er sich mit, hört sittsam zu, ergießt sich ver-
traulich, und nimt alle Herzen ein. Um
die Gunst der Mächtigen bult er nicht, ob
er sie gleich nicht cinisch verachtet; aber er
gläubt, daß ein wahrer Gelehrter klüger ihren
Umgang meidet, weil sich Freiheit nicht mit
der nothwendigen Ehrfurcht für ihre Launen
vereinigen läßt. Einer lebt indeß, der in allen
Kampfspielen der Tugend pulverem colligit
olympicum, und Helden-, Bürger-, Dichter-
und Weisheitskronen ersiegt hat. Friedrich
schäzt ihn, und schreibt ihm schönere Briefe,
als Trajan dem Plinius schrieb, ohne dafür
zu verlangen, daß er ihm eine Lobrede vor-
lese. Wenn Alembert von ihm, von seinem Aufenthalt in Sans-Soucy redet, so
glänzt sein Aug, und sein Ausdruck erwärmt
sich. „Man kennt,“ sagt er, „diesen König

nig allein durch seine Thaten; die Geschichte wird sie nicht verschweigen; aber was er für die wenigen ist, die mit ihm leben, verkündigt sie nicht, wie er dann durch treffenden Wiz entzückt, durch reine Vernunft unterrichtet, allen Gram und alle Wonne der Freundschaft theilt, zärtlich liebt und wieder geliebt wird. So ein König," spricht er, „steht, für die Menschen, und für die Menschenherscher, wie die Regel des Polyklets für alle Künstler, da."

Katharinens Ruf und sein Entschluß, ihn abzulehnen, verherlicht sie beide. Es war ihrer Tugend gemäß, für ihren Sohn einen Erzieher zu wünschen, den das Urtheil von Europa, wie einst das Orakel den Sokrates, für den Weisesten erklärte; er aber überzeugt bescheiden, daß er nicht dar-

ein

ein willigen durfte: „Warum soll' ich,‟
fragt er freundlich, „die Vertrauten meines
Herzens, den Himmel meiner Jugend verlassen; um mich in ein entferntes Land zu
verpflanzen, das mir ewig fremde bleiben
müßte? In meinem Alter hat der Geist
schon unvergängliche Falten, der Geschmack
wird unbiegsam. Ich würde nicht in Rußland gefallen; mir würde dort alles zuwider
sein. Jezt bin ich glücklich; soll ichs drauf
wagen, ob ichs auch im Zwange der Höfe,
unter tausend Gefahren, sein kan? Ueberfluß ist äußerst beschwerlich, wenn man nur
gebrauchen, und nicht verwalten mag.
Pracht und Titel reizten mich nicht, oder
ich hätte das Vertrauen der Kaiserin noch
weniger verdient. Es ist wahr, die Philosophie ist alsdann nur schäzbar, wann sie

thätig

thätig wird; eigener Vortheil darf hier nichts
entscheiden, und man solte keine Neigungen
hören, wanns darauf ankomt, ausgebreitet
nüzlich zu sein; aber ich habe meine Kräfte
geprüft: alles, was ich in meinen Büchern
lernte, ist ein wenig Wissenschaft und Ge-
nügsamkeit, nicht die schwere Kunst Monarchen zu bilden."

Unter den Neuern erinnert mich Niemand so lebhaft, als er, an die Weisesten
unter den Römern. So stelle ich mir des
Cicero Freund, den Q. Lucilius Balbus
vor. [1] Er mag reden oder schreiben, immer ist es feste strenge Vernunft, Schlußfolge

tiefer

[1] Qui tantos progressus habebat in Stoicis, ut
cum excellentibus in eo genere Graecis com-
pararetur. *Cic. de Nat. Deor. L. 1.*

Erster Theil.　　　　　　P

tiefer Untersuchung; nie wird man gewahr,
daß er einkleiden will; er fällt nicht in den
lehrenden Ton; er schimmert nicht, aber
er leuchtet helle; sein Ausdruck ist männlich
und stark; es ist immer der Stil, der sich
genau zum Gegenstande schickt; er greift
nicht nach den bunten Blumen, die man
heutiges Tages über Gemeinsäze streut. Lesen Sie nur seine Vorrede zur Enciklopädie,
wie er da, mit Adlerflug, alles Wissen über-
schwebt und vereint, zu der edlen Absicht,
das Glück des Menschen zu erhöhn. Als
unser König die Akademie besuchte, las
Alembert, wie es die Gewohnheit fodert, einen an ihn gerichteten Aufsaz vor, nicht im
frostigen Lobrednerstil, sondern, unter der
Wendung, seine Wißbegierde zu preisen, war
es Xenophon, der die Regenten unterrichtet.
„Wahr-

„Wahrheit,“ sagt er, „ist allein unsers Fleißes, unserer Anstrengung werth; wann ich eine neue Wahrheit in der Meßkunst finde, so vertausche ich sie mit keiner Freude, nicht mit der sinlichen Wollust, nicht mit dem reineren Vergnügen, das ein Gedicht, oder ein vollkommenes Schauspiel, gewährt; denn meine Lust ist keine Täuschung; die Seele legt zu der Summe ihres Reichthums etwas wirkliches hinzu. Wer mir,“ fuhr er fort, „eine neue Pflanze zeigt, ist mir lieber, als alle Dialektiker, die über Wahrscheinlichkeiten vernünfteln; denn was ist ihre Philosophie? eine Meinung über Meinungen.“

Unter Männern dieser Gattung, und ihre Anzahl ist nicht klein, lernt man die Franzosen anders schildern, als es unsere

schreib-

schreibluſtige Jugend gewohnt iſt. Geſunde
nervige Philoſophie, aufgeklärte Menſchen-
liebe erheben jezo dreiſt ihre Stimmen. Die
Nazion thut Rieſenſchritte, und bebt, im
Patrioteneifer, nicht vor der Geißel des
Despotismus zurück. Freilich fällt es auf,
daß die Regierung Wahrheit verträgt, und
ihr nicht folgt, daß ſie noch immer kleine
Vorurtheile heiligt, und erkante Rechte der
Menſchheit verlezt. Nach Voltairens, Alem-
berts, Diderots und Helvetius Schriften,
iſt es ſonderbar, daß man in dieſem Lande
die Calas rädert, die Chalotais peinigt, jedem Verbrecher vor ſeinem Tode noch die
Folter als eine Zeremonie beibringt. Man
begreift nicht, wie man nüzliche Bürger,
zwar ſtaatsklug duldet, aber ihre Nachkommen geſezlich für Hurenkinder erklärt, daß

man

Man immer noch Lettres de Cachet ohne
Namen, Billette für die Bastille, wie Thea-
terbillette, an die Minister austheilt, und
das Volk der Raubsucht der Finanzhermandad
ohne Schuz überliefert. Aber die Aufklä-
rung steigt nur allmählig empor; lange harrt
sie in der niedern Gegend. Manche Staaten gleichen den Alpengebirgen; wohlthätige
Fruchtbarkeit weilt in der Mitte, und die
Gipfel bleiben kahl.

  Zehnter

Zehnter Brief.

Paris den 23. Nov. 1768.

Nach dem Buche de l' Esprit, das Untersuchung mit einem reizenden Vortrag vereinigt, erwartet man, den Verfasser im Untergang glänzend zu finden. Er ist auch angenehm und lehrreich, aber nur so lange, als
man ihn nicht an eben dieses Buch erinnert;
denn sonst durchbrechen Sie einen Damm,
der Wasserfluten zurückhält. Er strömt alsdann, mit Grundbegriffen, mit Heischesäzen
und Schlüssen, ohne Mitleid auf Sie zu;
sein Sistem umfaßt alles menschliche Wissen,
und er hat es so künstlich in einander verket-
tet, daß man, wie er behauptet, nichts
versteht, wenn man nicht alle Glieder durch-
läuft,

läuft. Nun reißt er Sie fort durch das Labirinth, achtet nicht auf Ihre saure Mienen, differtirt und demonstrirt, wiederholt sich und berichtigt sich, und wird dünkel, wann er am deutlichsten sein will.

Ein solcher Auftritt ist beschwerlich, aber er läßt sich begreifen und verzeihen; es ist natürlich, daß er sich rechtfertigen will; man hat ihn orthodox gegeißelt, und die Striemen schmerzen noch jezt. Erst fingen sie damit an, ihn vorsezlich unrecht zu verstehn; man trug eine Absicht in seine Schrift, die ihm nicht im Traume beigefallen war; weil er den Eigennuz als Federkraft der menschlichen Thätigkeit ansieht, so erklärte die Geistlichkeit das Wort gehäßig, aus der theologischen Moral; sie gab ihm Schuld, daß er die besten Menschen zu Wucherern

 und

und Betrügern machte, daß er alles Werk
dienst, alle Tugend vernichte; man schob
ihm Kontrabande zu, um ihn dafür auf die
Galeren zu bringen.

Wer gesteht sich nicht in seinem Herzen,
daß Trieb nach Genuß der einzige Grund
aller Wirksamkeit sei? Ein wohlthätiger
Fürst opfert darum nicht Bequemlichkeit und
Kräfte, weil er ein leibeigener Knecht seiner Tugend ist, der sein Tagewerk ohne Be-
zahlung verrichtet. Er fordert eine hohe Belohnung dafür; er ringt nach der Wollust
der Liebe. Der Tirann hingegen giebt Achtung und Sicherheit für die gefährliche Befriedigung hin, kein Gesez als seinen Wil-
len zu erkennen. Alle jagen nach ihrer Lieb-
lingsfreude; jeder zahlt für die Güter, die
ihm behagen, den Preis, für welchen sie

feil

still stehn. Als Schwerin die Fahne ergriff, und, an der Spize seiner Haufen, entschloßsen in die Feinde stürmte, so geschah es wol nicht, um eine Kugel freiwillig aufzusuchen, um der Nachwelt das Beispiel eines schönen, edlen Todes zu geben; sondern ihm winkte der Triumf jenseits der Gefahr, er folgte der Zauberstimme des Ruhms. Jeden Mutigen stärkt die Hoffnung des Sieges, und er unterdrückt die Furcht des Mislingens.

Selbst die Deciusse, die Curtiusse, ja die Chatels und die Ravaillacs weihten sich allein aus Eigennuz einem unvermeidlichen Tode. Die edlen Römer starben nicht ganz; ihr Name dauerte in der Geschichte; sie standen in verehrten Bildsäulen da, unter den Errettern ihres Vaterlandes; ihre Manes stiegen hinab zu der Wohnung glückli-

P 5 cher

cher Schatten, und die verleiteten Meuchel-
mörder harrten, mit der Hostie im Munde,
ihr Vertrauen an den Löseschlüssel, auf die
verbrieften Freuden der Seligkeit.

Was Mahomets Anhänger, beim Ur-
sprung der Sekte, zur eisernen Todesver-
achtung erhob, war es reiner Eifer, zum
Besten der Welt, die Lehre der Gläubigen
auszubreiten? Nein, ihnen wässerte der
Mund nach dem herlichen Schmause, der
im Paradies für sie angerichtet wird; sie eilten, sich auf die Sofae zu strecken, neben
den ewigen Jungfrauen, die Niemanden, als
ihre Liebhaber küssen, und die weißer sind,
als eingereihte Perlen.

Der erste Grundsaz aller Moral: er-
weise andern, was du wünschest, daß man
dir erzeige, ist eine scharfsinnige Lehre des
Eigen-

Eigennuzes, weil man unter keiner andern
Bedingung auf Gegendienst hoffen darf.

Auch das Urtheil der Welt stimt damit
überein; sie nennt Tugend, was ihr nüzlich
ist. Vortheil ist der Maaßstab jedes Ver-
dienstes. Darum geht der glückliche Feld-
herr, in der Achtung des Volks, dem größten Künstler vor, obgleich Condé als Jüngling siegte, obgleich zur Bildung des Künst-
lers die Arbeit eines halben Lebens gehört,
obgleich die Geschichte hundert Helden gegen
einen Raphael aufzählt. Laß die That des
Patrioten tollkühn, frevelhaft gegen Einzele,
grausam und ungerecht sein; jede Handlung
ist edel, die dem Vaterland fruchtet. Man
kan den Kodrus für einen Thoren erklären;
Griechenland hat ihm Thränen und Kränze
geweiht. Helvetius, der Apostel des Eigen-

nuzes,

nuzes, hat auch, durch sein Leben die Mei\
nung seiner Säze erklärt; er ist ein wohl\
thätiger, großmütiger Mann; er gab seine
Generalpachterstelle freiwillig zurück, als er,
auf einer Reise durch die Provinzen, die
Tirannei der Finanzsatelliten und das Elend
des geplünderten Volkes sah. Ich will dar\
um sein Werk nicht vertheidigen; aber eins
ist gewiß, nicht wann er Eigennuz predigt,
sondern nur alsdann ist er unleidlich, wann
er sich seiner Dialektik überläßt, wann er
Wiz und Paradoxen auskramt, wann er
Menschensinn und Erfahrung durch Anekdo\
ten und Reisefabeln bestreitet; und so hat
er beinah, wider eigenes Vermuten, alles
justum und honestum von der Erde weg ver\
nünftelt. Der abgezogene Begriff der Tu\
gend ist ein unentschleiertes Geheimniß der

platos

platonischen Schule; aber unter den Menschen, in der Geschichte, ist er nicht zwei-
deutig mehr. Sie besteht, wie sich Helvetius ausdrückt, in Neigung und That, zur
Beförderung des allgemeinen Wohls; nun,
sezt er hinzu, ist die nämliche Handlung in
verschiedenen Umständen und Zeiten, bald
schädlich, bald nüzlich, folglich jezt Tugend,
dann Verbrechen: also ist die Moral, jedes
Lehrgebäude allgemeiner Pflichten, eine leere,
unnüze Wissenschaft, wenn man sie nicht
mit der Gesezgebung, und mit der Politik
verbindet.

Aber sobald Menschen mit einander leben, sich in irgend eine Geselschaft sammeln,
laß sie Jäger, Hirten, Boucaniers, Wilde,
oder Barbaren sein, so sind gleichwol ge-
wisse Tugenden zu ihrer Erhaltung unent-
behrlich.

behrlich. Ohne Anhänglichkeit und Hülfs-
begierde, ohne Ordnung im Genusse der
sinllchen Wolluft, ohne Achtung für das Eigenthum in diesem Zirkel, ohne Gehorsam
gegen Aeltern und Obern, kan auch nicht
eine Räuberbande bestehn, und Wohlthätigkeit, Freundschaft, Erkentlichkeit, Mitleiden, verbessern so sehr den geselligen Zustand, daß wol keine Horde die Wüsten
durchzieht, wo diese Tugenden fremb sind,
und wo ihr Werth nicht geschäzt wird; dawider entscheiden keine erbaulichen Briefe.*)
Wer mag die Gräuel alle glauben, die ein
lügenhafter Mönch erzählt, daß die Gia-
quen ihre Kinder, mit Wurzeln und Kräu-
tern, im Mörser stoßen, um sich eine Salbe

zu

*) Lettres édifiantes par les Revérends Peres
Missionnaires dans les Indes.

zu bereiten? daß im Königreich Batimena
keine Frauensperson, bei Lebensstrafe, sich
der Unzucht widersezen darf? daß in der
Insel Formosa Leichtfertigkeit und Völleret
gottesdienstliche Handlungen sind? [2] Es
mag sein, daß sich ein Halbmensch in Grön-
land nicht rührt, wenn sein Bruder vor seinen Augen ertrinkt, daß ein Wilder seinen
alten Vater ermordet, daß ein Betler in
China seine Kinder aussezt; darum giebt es
kein Land, wo man Menschenfreundschaft
und kindliche Liebe verabscheut, wo Mord
und Gewaltthat erlaubt ist. Weil ein Schiff-
fer, oder ein Kapuziner erzählt, daß es ihm

deuchte,

2) Ist vollends diese Nachricht aus dem Betrüger Psalmenazar genommen, der niemals Formosa gesehn hat, so giebt das eine hohe Meinung von den Quellen, die Helvetius brauchte.

deuchte, als wenn irgendwo ein Laster belohnt,
eine gute That bestraft worden sei: ist eine
Geschichte, die dem Gefühle der Natur wi‐
derspricht, erwiesen, oder erweisbar? Ist
einzelner Unsinn darum Sitte des Volks?
Gleicht die Tugend deswegen einer Theater‐
prinzessin, die auf ihrer Reise durch allerlei
Zonen, bald eine Vestalin, und bald eine
Tänzerin vorstellt? Im Grunde ist es
Wortgrübelei. Helvetius lenkt am Ende
wieder ein; er wolte nichts weiter behaup‐
ten, als daß Barbarei, Unwissenheit, Ge‐
setzlosigkeit alle Begriffe der sitlichen Schön‐
heit verkehren; der Strom seines Wizes trieb
ihn nur abwärts.

Eigentlich war dem Klerus an der Tu‐
gend nichts gelegen, aber der Philosoph
hatte an das Rauchfaß gerührt. Er warf

ihnen

ihnen länderfreffenden Geiz, Unwiffenheit, Faulheit, Rachfucht vor, und fammlete Fakta, stubborn things, die fich nicht weg endächtlen laffen. Darum fiel die Leibwacht des heiligen Stuls, die Bande Loyolas über ihn her; darum drohten ihm Gefängniß, Verluft feines Glücks. Er konte fich nur durch einen Widerruf retten.

In den Augen feiner Widerfacher hat ihn der Schritt verächtlich gemacht; denn, fagt man, entweder ift feine Reue aufrichtig, fo war es Leichtfinn, ein gefährliches Siftem zu verbreiten, ohne folches vorher ftrenger zu prüfen, oder der Widerruf war verftellt, also eine feierliche fchändliche Lüge — und zwar im Gefchmack feiner Lehre, für der Wahrheit und Redlichkeit, als Glücksgüter Preis zu geben. Hierauf antwortet er: man muß einen Unterschied machen zwischen einem Glaubensstifter, und einem Mann, der menschliche Weisheit vorträgt. Ich habe mich nicht für erleuchtet ausgegeben; Meinung ist noch keine Offenbarung; ich wolte nur überreden, nicht predigen. Nun tritt ein Mächtiger vor mich hin, entblößt sein Schwert, und donnert mir ins Ohr: sei elend, meide dein Vaterland; übergieb deine Familie der Dürftigkeit, oder spreche mir andächtig nach! . . . . .

Ich hätte vorstellen können, daß es seltsam sei, mir anzubefehlen, vorzuschreiben, was mir Wahrheit deuchten müsse. Aber wenn man niedergeworfen vor dem Mufti liegt, der die Stirne rünzelt, und ruft: Giaur! glaubst du, daß der Prophet auf einem Esel nach dem Monde reiste? daß

der

der wunderthätige Saleh ein lebendiges Kameel aus einem Stein gemacht hat? da ist es nicht Zeit, den Büffon oder den Abbé Pluche zu zitiren, um Ihro Hochwürden in den Bart zu beweisen, daß die Sache nicht angeht.

Sie haben mir einen Widerruf abgedroht; er ist nichts mehr als ein Wechselbrief werth, den ein Straßenräuber uns abdringt. Mein Buch wird übrig bleiben. Enthält es Wahrheit, desto besser; endlich findet sie vielleicht Eingang, vielleicht auch nicht; das hängt ab von dem Ton der Zeiten. Galilei hat, mit der Kerze in der Hand, an dem Altar eine Wahrheit abgeschworen, wird sie darum jezt weniger erkant? Zuverläßig hätten meine Gründe durch mein Unglück an Stärke nichts gewon-

nen;

nen; man hat auch für den Irthum gelit-
ten, und der Tod mancher gespießter fal-
scher Apostel hat ihre Lehre nicht bestätigt.
Indessen haben die Herren, um ihre Rache
zu vergnügen, ein lächerliches Schauspiel gegeben; die Kirche hatte längst die fromme
Apathie des Molinos, die süße Träumerei
der Dame Gyion, welche sie die reine Liebe
Gottes nannt, und die Maximen der Heiligen, ihres Freundes Fenelon, verdammt;
sie lehrt also, daß man Gott, nicht schwärmerisch, ohne Grund, sondern wegen seiner
Wohlthaten lieben müsse: Eigennuz ist Chri-
stenthum. In der Religion wird die Neigung geduldet; mich verfolgten sie, weil ich
dergleichen bei dem natürlichen Menschen
vermute; und ist es nicht lustig, daß sie
gerade in der merkwürdigen Zeit auf den Ei-

gennuz

gennuz ſchimpften, als ihr Handel und Wu-
cher herauskam, als ſie den Bankerutt vor-
bereiteten, den kurz darauf Vater la Va-
lette, und, Gott ſei Dank! die ganze Ge-
ſellſchaft gemacht hat? Aber Unverſchämt-
heit iſt es eben, was unſerer Geiſtlichen
Bosheit von der Bosheit des Weltmanns
unterſcheidet. Sie erröthen nie, ihre öffentlichen Sünden an andern ohne Mitleid zu
ſtrafen; und ſie kehren ſich nicht daran, ob
ihr Leben ihrer Lehre geradezu widerſpricht.
Ein Laie, der Keuſchheit predigte, würde
wenigſtens den Enthaltſamen ſpielen. In
die Kirchenverſamlungen ſchleppten ſie ihre
Bulerinnen mit, und verordneten Prieſter-
cellbat.

Hier haben Sie den Prozeß dieſes Wi-
derrufes; entſcheiden Sie nun. Er hätte,

 dünkt

dünkt mich, besser sein Buch im Pulte ver-
schlossen, wie ein anderes, das nach seinem Tode herauskommen soll; er konte das
Ungewitter vorhersehn; jezt war kein ander
Mittel übrig, als eine Unbesonnenheit durch
eine Lüge gut zu machen, und ein kluger
Mann meidet ein solches Dilemma.

Wenn Helvetius in die Laune geräth,
Sarkasmen zu sagen, so hört es sich angenehm zu; aber endlich wird er zu bitter, und
ist ungerecht gegen die Regierung und gegen
sein Vaterland. Die Nazion strebt augen-
scheinlich empor; ihre besten Schriftsteller
haben sich mit brittischer Kühnheit gegen
Vorurtheile und Knechtschaft erklärt; Er-
leuchtung und Verträglichkeit nehmen zu.
Hingegen, wenn Helvetius Recht hat, so
ist die Nazion zertraten unterm eisernen Fuße
der

der Tyrannei; eine traurige Hülfe steht ihr
bevor, delenda est Carthago; sie muß die
Beute eines fremden Eroberers, und ganz
von neuem gebildet werden. Als man ihn
neulich über seine Reisen befragte, so gab er
schneidend zur Antwort: „ich ging nach Ber-
lin, um einen König, und nach England,
um ein Volk zu sehen.“

Von der Gesellschaft seines Hauses noch
wenige Worte. Sie ist ursprünglich die
nämliche, welche sich bei der Madame Ges-
affrin versammelt; nur findet man hier einige Gelehrte mehr, den Chevalier Jeau-
court, den Abt Raynal, den Dichter Sau-
rin, Duclos, den Ritter Chatellep, und
Ausländer ohne Zahl. Hier wimmelt das
Gedränge, das um die Reichen schwärmt;
man unterhält sich in allen Zungen und

 Spra-

Sprachen; aber doch ist es keine deutsche Assemblee, wo man so geradezu aus Erb: recht hinfährt, weil man alte Pergamente und neue Kleider besizt, sondern ein Fremder muß angekündigt, gut empfolen, und zum Wiederkommen eingeladen werden.

Ich weis nicht, wo sich die Fabel her schreibt, daß sich die Franzosen an die Frem: den drängen, und zuvorkommend gastfrei und höflich sind. Es mag von den Spie: lern und Glücksrittern, von den Kuplern und Ciceronen wahr sein; die bessere Gesell: schaft ist spröde genung. In ihre Familien: zirkel wird selten ein Fremder eingeführt. Sie wollen sich, wie sie höflich versichern, den Schmerz der künftigen Trennung, eigent: licher Langeweile, ersparen. Unsere meisten Reisende sind Knaben, deren Artigkeit nicht

länger

länger im Gang bleibt, als sie durch ihre Pedanten aufgezogen sind.

Ein Minister, dem von seinem Hofe diese herumgeführte Jugend empfolen wird, ist äußerst mit den Herren verlegen; er weis, daß er mit seinen rohen Landesprodukten nirgends angenehm komt, und hält daher immer eine alte Prinzeßin an der Hand, wo sich die Kadetten und die Invaliden der Geselschaft, die beiden Enden des Jahrhunderts, begegnen, und die gern ihre Spieltische voll hat. Dann hat die hofnungsvolle Jugend in der großen Welt gelebt, und komt gebildet zurück.

Auch die vernünftigsten Männer, wenn sie nur kurz hier verweilen, sind nicht unterhaltend genung. Sie treffen und verstehn den Geist des Umgangs nicht, können nicht

Theil

Theil nehmen, wissen nichts wieder zu geben; alles schränkt sich auf kahle Allgemein-
heiten ein.

Wiederholen Sie das, wo man Ihnen
erzählt, daß der Franzos alle Fremden mit
offnen Armen aufnimt. Man hat solche
Musterkarten von den guten Eigenschaften
aller Völker; verlassen Sie sich drauf, daß
sie nicht gegründeter sind, als die Satiren
über ihre Fehler.

Eilfter Brief.

An Herrn Garrick.

Paris den 27. Nov. 1768.

Endlich ist mein Wunsch erfüllt: Ihre Freundin Clairon hat vorgestern, bei der Frau von Villeroy, ihre Lieblingsrolle, Dido, gespielt, auf einem kleinen prachtlosen Theater, aber sie zauberte Würde um sich her; für unsere Empfindung stand sie da, wie im Virgil, als Aeneas sie erblickte, in ihrer emporsteigenden Königsstadt.

Ihnen ist das langweilige Drama bekant; es dauert ewig und schreitet nicht fort. Wer mag das Jammern eines verliebten Weibes, und die kalte Wundermoral des

frommen

frommen Helden durch fünf lange Akte, auch
selbst in schönen Versen, hören? Pompignan ging unter an der Klippe, wo Racine,
in seiner Berenice, nur so eben behalten
vorbei kam. Keuscher Ehrgeiz im Kampf
mit der Liebe ist immer eine widerliche Gruppe, zumal wenn der Held, wie hier, für
keinen Funken Lust empfänglich, ein Mittel-
ding zwischen Göttern und Menschen, oder
eigentlicher, ein Strohmann ist.

Im Virgil trägt sich alles natürlicher zu.
Aeneas hat mit der Frau Dido in der Höhle
gesteckt; die Dame gesteht Connubia et in-
ceptos hymenaeos; sie bedauret nur, als
eine gute Prinzessin, daß sie mit einer leeren Freude davon kam.

— Si

— Si quis mihi parvulus aula

Luderet Aeneas, fagt fie,

Non equidem omnino capta ac deferta

viderer.

Aeneas verließ fie darum nicht, weil
er feine Leidenſchaft überwand, ſondern Ju-
piter mußte den Merkur abſchicken, der ihm
eine bittere Standrede hielt:

— Tu nunc Carthaginis altae

Fundamenta locas pulchramque *uxorius*

urbem

Exſtruis? heu regni rerumque oblite

tuarum,

Das allmächtige Schickſal trennte ſie;
ein Gott hatte ſein Herz verſteckt:

Fata obſtant, placidasque viri Deus ob-

ſtruit aures.

Ja als er auf den Schiffen noch weilt, erscheint ihm Merkur noch einmal, und macht ihm für den Zorn der aufgebrachten Dido bange:

Illa dolos dirumque nefas in pectore versat.

Eja, age, rumpe moras, varium et mutabile semper

Femina.

Hier ist es ein kalter züchtiger Ritter, der nur sein Abentheur vollendet, einer armen Fürstin das Herz bricht, ihre Feinde, die wie gerufen kommen, erst tapfer schlägt, und dann, wie Don Quixotte, unbefleckt aus dem Wirthshause zieht. Es gelingt einer großen Schauspielerin nur, eine so frostige Schöpfung zu beleben; unsere Seele

ßng an Clairon Dido; und so waren wir
mit dem Dichter zufrieden.

Noch ist sie eine edle reizende Figur;
ihre Grazie hat ihre Schönheit überlebt;
ihre Stimme ist sanft und tönend; sie bleibt
melodisch, wann sie wütet, und wird nicht
kränklich, wann sie klagt. Zwar ist sie nur
klein; aber, wann ihr Ausdruck gebieteri-
scher Stolz wird, so wächst sie empor, täuscht
das Aug, und gleicht der Diane unter den
Oreaden,

Gradiensque Deas supereminet omnes.

Dennoch schreitet sie nie athletisch über
die Grenzen ihres Geschlechts; im heftigsten
Sturme wehen mildere Töne der Weiblichkeit. Ihre königliche Yates [1]) solte sie darum
beneiden, welche immer zu sehr Virago ist.

Nir-

[1]) Die beste tragische Schauspielerin zu der Zeit.

Nirgends kam sie mir vortreflicher vor, als
in den schweren Uebergängen von einer Ge-
müthsbewegung zur andern; hinschmachtend,
herzenschmelzend sagte sie, und mit einem
Anstand, der ohne Sprache Seelen erschüttert:

Est-il bien vrai, ce jour va donc nous
               separer?

Qui me consolera dans mes douleurs pro-
               fondes?

Mon cœur, mon triste cœur, vous suivra
               sur les ondes,

Et d' une vaine gloire occupé tout
               entier,

Au fond de l' univers vous irés m' ou-
               blier.

M' oublier? ah Seigneur! de quelle
               affreuse idée

                   Mon

Mon ame en vous perdant se verra pof-
    sédée?

Je sens que j'en mourrai — mais hélas!
    est-il temps,

Cher Prince, de hâter ces douloureux
    instans?

Nun wird, wie es scheint, Aeneas gerührt, und Hofnungsmorgenröthe glänzt in
ihrem glühenden Auge; aber seine Antwort
vernichtet alles; jezt wandelt sie alle Grade
der Empfindung durch, erst tiefe nagende
Traurigkeit, dann aufwallendes Gefühl ihrer Würde, dann Wut, endlich mißlingen-
der Versuch, den Mann zu verachten, an
dem ihr Leben hängt. Ihr Spiel ist im
Virgil geschildert:

Talia dicentem jam dudum aversa tuetur,

Hic illic volvens oculos, totumque per-
    errat

Luminibus tacitis, et fic accenfa profatur:

Nec tibi Diva parens, generis nec Dar-
        danus auctor,

Perfide; fed duris genuit te collibus
        horrens

Caucafus – – oder wie es Pompignan über=
        fezt:

Non, tu n'es point le fang des heros,
        ni des dieux;

Au milieu des rochers tu reçûs la naif-
        fance,

Un monftre des forêts éléva ton enfance,

Et tu n'as rien d' humain, que l' art
        trop dangereux

De féduire une amante et de trahir fes
        feux.

Dis-moi, qui t'appelloit au bords de la
        Lybie?

                    T'ai-

T' ai-je arraché moi au fein de ta patrie?

Te fais-je abandonner un Empire affuré?

Toi, qui dans l' univers, profcrit, des-

           efpéré

Rebut des flots, jouet d' un efpoir inutile,

N'as trouvé qu' en ces lieux un favo-

           rable Afyle.

Mittelmäßige Schauspieler schreiten alsdann in harte Dissonanzen über, und löschen
den vorigen Seelenzustand aus; aber in der
Clairon Spiel, und in der Natur, tönt die
verlassene Saite noch nach. Weil ihre Leidenschaften alle aus der nämlichen Quelle
flossen, so arteten sie auch nach ihrem Ur-
sprung; durch alle stralte, oder dämmerte,
Liebe.

Als Aeneas entfloh, war, nach dem
mannichfaltigen Leiden, für den äußersten

       Schmerz,

Schmerz, wie es schien, kein neuer Ausdruck übrig; hier überraschte sie uns durch
eine glückliche Kühnheit. Sie schlug sich,
unter einem nervenschneidenden Geschrei,
mit beiden Händen vor die Stirne, ließ die
Arme sinken, bebte erstarrend zurück, und
ein Auge war trostentsagende, todtgeweihte
Verzweiflung. — Wir zitterten bleich um
sie her, als wären wir mit zum Tode verurtheilt. Dieser Zug wirkte, wie Ihr Spiel,
mein Freund, im Hamlet, oder Makbeth.
Es war eben die Grabestille des Hauses,
und überall, im Parterre und den Logen,
erblickte man festgeheftete, verzogene Menschengestalten.

Die Kunst zu sterben ist auf der Bühne,
wie in dem Leben, schwer. Ich höre zuweilen ein Heldengewimmer, das Bauch-

grimmen

grimmen anzuzeigen scheint; hier drängten sich stöhnende Seufzer aus hoher strebender Brust, fremde Tonart klang in der Stimme, und das fliehende Leben weilte zuckend auf der Unterlippe.

Alle Fremde spotten gern über den französischen Theateranstand. Man findet darin eine taktrichtige, widernatürliche Zierlichkeit, eine hochtrabende Menuettenmanier, die auf den Tanzboden gehört. Allerdings übertreiben sie, für den nördlichen Geschmack, Stellung, Gang und Deklamazion; aber man überlegt nicht, daß sie nicht für uns, sondern für ihre Landsleute, spielen. Jedes Volk ist gewohnt, durch ein eigenes Medium zu sehen; man täuscht und rührt uns nur, wenn man die Vorstellung in unsere Sehwinkel stellt, und unsern Sitten näher

bringt

bringt. Vollkommne Wahrheit alter oder
ausländischer Sitten wird, weder von dem
Dichter, noch dem Schauspieler, erreicht;
sie ist auch zu fremd für unsere Empfindung.
Eine karthagische Prinzessin, wie sie vielleicht damals halbnackend durch die Felder
strich, würde in unserm Zeitalter nirgends
gefallen, und Shakespear kante sein Publikum, als er Römer und Dänen zu Eng-
ländern machte. Auch Clairon ist Französin; aber sie mäßigt, durch ihren Geschmack, was sich zu sehr von der allgemeinen Natur entfernt; sie verachtet die Pariser Theatergrimassen, das tragische Schluch-
sen, das Wiegen der Arme, und den Hex-
ameterschritt.

Soll ich nun auch tadeln, weil ich einmal das leidige Handwerk eines Kunstrich-

ters

ters treibe, der, wie ein betrüglicher Krä-
mer, keinen Weihrauch ohne Zusaz verkauft? soll ich dem aufgeklärten Freunde
der Clairon gestehn, daß es mir vorkam,
als wenn diese Darstellerin aller Empfindungen nur wenig selbst empfände? Man fühlt
und erräth das deutlich aus einer gewissen
Härte ihres Spiels; alle Wendungen schei-
nen mir überlegt, jede Miene beschlossen zu
sein; sie versteht es, wie die Alten, ihre
Deklamazion zu notiren, und kan, ich bin
es überzeugt, Rechenschaft von jeder Note
geben. Zwar begreife ich, daß Begeisterung,
so wenig als Talent allein, den Schauspieler vollendet; er muß lange, wie der bil-
dende Künstler, nach dem Leben modelliren
und zeichnen. Sie selbst haben Ihren
Schrecken im Hamlet gewiß von einem Gei-

 sterseher

sterseher gelernt; was allen Partridgen *) so natürlich vorkomt, ist oft Resultat einer mühsamen Arbeit, der endlich gerathene Versuch einer oft mislungenen Uebung. Aber gleichwol hat Horaz nicht Unrecht, man rührt nur, wenn man selbst gerührt ist; sonst kan der Ausdruck richtig sein, und dennoch über die Seele gleiten. Die Verstellung schimmert durch; ein solches Spiel ist, was in der Malerei die harten richtigen Umrisse sind; sie machen der Kunst des Meisters Ehre, und erinnern, daß es ein Bild ist. Dem ungeachtet bin ich, mein Freund, mit Ihrem Urtheil einig, Clairon ist der Stolz der hiesigen Bühne. Als sie so herschte über uns, und ihr unsre Thränen huldigten, da hätte ich mir den Erzbischof in der Nähe gewünscht

*) Dieser Kritikus ist aus dem Tom Jones bekant.

wünscht, um ihn treuherzig zu fragen, ob er dieser Königin nicht, neben orthodoxen Todten, ein wenig Erde gönnte?

Die Dumenil habe ich auch gesehen, welche sonst aufzog, wie die stralenlose Nacht, und fürchterliche Blitze schleuderte. Jetzt wetterleuchtet sie nur noch; es ist ein verzogenes Gewitter, und ihre Talente sind erschöpft. Sie spielte die Agrippina; in einzelen Stellen erstrebte sie Kraft, ja zuweilen durchschauerte sie das Herz, durch Züge aus der leidenden Natur, aber ganze Tiraden sagte sie im frostigen Einklang her, und zertilgte so den Eindruck wieder.

Le Kain, als Nero, hat meine Erwartung äußerst betrogen; der wollüstige Tirann war kein Pedant, sondern ein wohlerzogener Bösewicht, nach griechischen Sitten gebildet.

Hier ſtrozt er, wie ein High-Steward, und
entwickelt langſam jede Bewegung, als beugte
man Gelenke von Blei; im Eifer gleicht er
einem Kämpfer, und in der Ruhe ſezt er
ſich, wie das Modell einer Zeichnungsſchule,
zurechte; ſo urtheilen hier vernünftige Männer, und Alembert ſagte noch neulich, daß
er Mahomets Rolle erwärgt. Aber Voltairens Freundſchaft und die Mode dringen
ihn dem Kennerpöbel auf; er iſt, behaupten
ſie, unnachahmlich in jeder Leidenſchaft, das
heißt, er zürnt mit geballter Fauſt, und
klagt mit einem lauten Gebrülle.

Molé iſt der Liebling der feinern Welt;
alle Damen räuchern ihm; man nent ihn
beider Müſen Günſtling, und weint und
lacht ihm zu gefallen. Es iſt wahr, er haſcht
den Geiſt ſeiner Rolle, und hat ein gewand-

tes

tes gefälliges Spiel; als Liebhaber ist er
süß und schmachtend, und als Marquis,
oder Fat nach der Mode, geht er allen seinen Nebenbulern vor; denn dieser Charakter
mißlingt auf der Bühne, so häufig er in
der französischen Geselschaft ist. Im Leben
ist er schon Affektazion, und ein Grad mehr in
der Nachahmung macht ihn zur unleidlichen
Karikatur. Für das Trauerspiel ist Molé
zu zierlich, zu sehr ein weicher zärtlicher
Stuzer, der Krämpfe spielt, wann er heftig
wird, und mit dem Umfang seiner Stimme
nicht durch die ganze Tonleiter der Leidenschaften reicht.

Aber Preville ist, ohne Zweifel, der König aller Krispine, und, in seinem einge-
schränkten Fach, der Garrick dieses Volks.
Bei ihm scheint nichts gelernt, nichts geübt,

nichts

nichts nachgeahmt zu sein; seine Rolle,
glaubt man, ist ein tägliches Leben; er ist
zu Hause; wir mit ihm; er vergißt die Zu=
schauer, wir die Bühne; jede Wendung,
jede Miene ist ein launiger, drolliger Ein=
fall, voller gutmütigen Erzschelmerei. In
ihm webt Molierens Geist lebendig, und die
Natur hat seinen Körper für seine Gaben
gebaut. Wenn er auftrit, so fühlt man sich
in der Zeit der wahren Komödie; alles ath=
met helle Fröhlichkeit. Er reizt nicht zum
verbissenen Lächeln; er gefällt dem kalten
Kritiker nicht allein, sondern alle, denen das
Zwerchfell nicht fest sizt, alle Geschlechter,
Alter und Stände jauchzen ihm Beifall durch
ein tobendes Lachen.

Ich versäume Molierens Stücke nie,
und finde das Haus gewöhnlich einsam und
leer;

leer; ein schlimmes Zeichen für den heutigen Geschmack. In jeder Kunst giebt's eine höchste Stufe, dann wandert sie wieder bergab. Das Lustspiel artet nun zurück; keine neue Arbeit ist mit dem Menschenfeinde, dem Geizigen und dem Tartüffe zu vergleichen. Man hat zuweilen diese Meinung die Schuzrede der Ohnmacht genannt; die Sitten, sagt man, ändern sich täglich, und bieten also neuen Stoff zur Schilderung dar; aber, wenn auch Ton und Lebensart und Wiz und Mode ewig wechseln, so erhält sich dennoch die Natur, welche immer die nämliche war; ihre großen Züge sind verbraucht. In Frankreich trift man jezt nur auf Nüancen, auf Eigenheiten kleiner Zirkel, auf einzele seltene Varietäten. Der Wohlstand richtet alle Geister und Herzen nach

Einem

Einem Leierſtückchen ab. Ihre Meiſter haben in der Fülle gepflückt; ſie leſen jezt nur dürftig nach, und ſammeln taube Früchte. In England iſt noch die Menſchengattung mannichfaltig, wie Ihre Gärten; dennoch fehlte nicht viel, ſo hätte man auf der Bühne Ihre thätigen Britten in flache galliſche Schwäzer verwandelt. Darum verdienen Sie den Dank Ihrer Zeit, daß Sie die elende Gattung verdrängten, und Shakeſpears nervige geſunde Natur wieder belebten durch ihre ſchöpferiſche Kunſt.

Auszug

Auszug aus Garricks Antwort.

Hampton den 3. Jan. 1769.

Ob ich gleich meine Feder kaum halten kan,
da ich eben das Krankenbett verlasse, so
mag ich doch nicht länger anstehn, Ihren
freundschaftlichen Brief zu beantworten! Ich
war beinah bange, Sie hätten uns vergessen; die Lustbarkeiten, dachte ich, durch die

Sie-

Hier ist das Original: Tho' I can scarce
hold my pen in my hand, and am just risen
from a sickbed, yet I cannot delay a mo-
ment longer to answer your most friendly
letter. I was almost afraid, that you had
forgot us, and that the round of pleasures,

you

Sie sich drängten in Paris, hätten in Ihrem Herzen den kleinen Eindruck Ihrer hiesigen Freude vertilgt. — Eh ich Ihren Brief erhielt, rief ich oft mit der Imogen im Shakespear aus:

> Die bunten Vögel Frankreichs, deren Federpracht ihre Schminke ist, haben ihn getäuscht.

Aber

---

you hurried thro' in Paris, had blotted out the small impreſſion your frieds here had made upon your heart. Before I received your letter, I often call'd out with Imogen in Shakeſpear:

> — The Joys of France
> (Whoſe feather is their painting) have
> betray 'd him.

But

Aber jezt, da Sie so wunderbar aus diesem
Ocean von Freuden gerettet sind, der, wie
ich finde, Ihre englische Neigungen nur ge-
dämpft, und nicht ersäuft hat,

 — Te Tabula sacer

Votiva paries indicat uvida

Suspendisse potenti

Vestimenta maris Deo.   *Horat.*

94

But now, as you have escap'd so miracu-
lously from that sea of pleasures, which I
find, did only damp your englisch affections,
not drown them,

 — Te Tabula sacer

Votiva paries indicat uvida

Suspendisse potenti

Vestimenta maris Deo.   *Horat.*

Ich habe Dido niemals leiden mögen, obgleich das Stück einen guten Namen auf der französischen Bühne hat; es sind einige gute Zeilen drin, und hie und da ein wenig Pathos; aber was ist das? — Ich bin durch Shakespear verdorben, und ich denke, Sie sind es meistentheils auch.

Nun Ihre Zergliederung der französischen Schauspieler. — Madame Clairon besizt alles, was die Kunst, ein guter Verstand

---

— I never lik'd Dido, though it bears a good Character upon the french stage; there are good lines and some little Pathos; but what is that? I am spoil'd by Shakespear, and I hope you are very near spoil'd too. — Now your dissection of the french actors. — Madam Clairon has every thing, that art and

stand und natürliche Einsicht mittheilen können; aber im Herzen fehlt der augenblickli-
che warme Eindruck, das Lebensblut, die
reizbare Empfindsamkeit, das elektrische Feuer,
welches auf einmal aus dem Genie bricht,
und durch Adern, Mark und Beine der
Zuschauer schießt. Sie weis vorher so gut,
was sie leisten kan, daß sie der unmittelbare

Schauer

---

a good understanding with natural spirit,
can give her, but the heart has none of
those instantaneous feelings, that Life-
blood, that keen sensibility, that electrical
fire, which bursts at once from genius, and
shoots thro' the veins, marrow, bones and
all, of every spectator. She is so conscious
and certain, of what she can do, that she

S 2   never

Schauer niemals ergreift. Aber ich spreche
das Urtheil, daß die größten Züge des Genies dem Schauspieler selbst unbekant waren;
der Umstand, die Wärme der Situazion hat
gleichsam die Mine gesprengt, zu der Zuschauer und zu seinem Erstaunen. Ich mache daher einen Unterschied zwischen einem
großen Genie und einem treflichen Schauspieler;

---

never has the feelings of the instant come
upon her unexpectedly; but I pronounce,
that the greatest strokes of genius have been
unknown to the actor himself; the circum-
stance, the warmth of the scene has sprung
the mine as it were, as much to his own
surprise as that of the audience. Thus I
make a difference between a great genius

and

spieler; der erste realisirt die Empfindung
seiner Rolle, und ist nicht mehr er selbst;
der andere, mit vieler Kraft und Weisheit,
mag gefallen, aber niemals

 — Pectus inaniter angit,

 Irritat, mulcet, falsis terroribus implet

 Ut magus. —   *Hor.*

          Ihr

---

and a good actor; the first will realize the
feelings of his characters, and be transport-
ed beyond himself, while the other, with
great powers and sense, will give great plea-
sure, but he never

 — Pectus inaniter angit,

 Irritat, mulcet, falsis terroribus im-

    plet

 Ut magus.—   *Hor.*

    S 3   Your

Ihr Begriff von den Franzosen stimt vollkommen mit dem meinigen überein; die Politesse hat die Charaktere so einförmig gemacht; ihre Launen und Leidenschaften sind so durch Gewohnheit und Uebung gebeugt, daß Sie die ganze Gattung kennen, wenn Sie ein halbes Duzend Männer, oder Weiber, gesehen haben.

In

— Your Idea of the French most exactly agrees with mine; their politesse has reduc'd their characters to such a sameness; their humours and passions are so curb'd by habit, that when you have seen half a dozen Frenchmen and women, you have seen the whole; in England every man is a distinct being, and requires a distinct study

to

In England ist jeder Mensch ein eige⸗
nes, ganz verschiedenes Wesen; jeder erfor⸗
dert ein besonderes Studium, wenn man
ihn durchforschen will. Es ist eine Folge
dieser Mannichfaltigkeit, daß unsere Lust⸗
spiele weniger eintönig, und unsere Charak⸗
tere stärker und dramatischer sind.

Seitdem Sie uns verlassen haben, habe
ich die Rolle eines jungen, (pfui, schäm
dich was!) eifersüchtigen Amoureux gespielt,

in

---

to investigate him. It is from this great
variety, that our Comedies are less uniform
than the french, and our characters more
strong and dramatic.

- - Since you left us, I have play'd the
character of a young, (fye for shame!)

 jealous

in dem Lustspiel das Wunder, und das
Haus war außerordentlich voll. Sollten Sie
einmal wieder kommen, eh' ich mein Narren‚
kleid ausziehe, so will ich Sie mit dem Besten
in meinem Vermögen unterhalten, denn ich
habe Ihnen wahrlich nichts gezeigt. *)

---

jealous *amoureux*, in the Comedy of *the
Wonder*, and it has been follow'd in a
most extraordinary manner. — Should
you ever return to us before I drop my
fool's coat, I will treat you with the best
in my power, for I have indeed shew'd
you nothing. [2]

---

*) Nichts als Richard, Mackbeth, Ranger, Sir
John Brute, und Lusignan.

Zwölfter

Zwölfter Brief.

Paris den 4. Dec. 1768.

In dem Hause des Herrn Neker, Residenten der Republik Genf, versammelt sich Sonntags eine gemischte zahlreiche Geselschaft, welche eben darum nicht merkwürdig ist. Menschen, die sich wenig kennen, haben sich auch wenig zu erzählen; alle schwazen, niemand unterhält sich. Man ist nirgends einsamer, als im Gedränge.

Aber jeden Freitag finden Sie daselbst di Francia il fiore, einen engern Zirkel, der Ihre Aufmerksamkeit verdient. Hier erscheint, im Verstande des Worts, der Schatten Colardeau, mit erloschenem Blick, ganz erschöpft durch Seelenwollust, Barthe, ein

S 5

Feuer-

Feuerwerk im Witz, le gentil Bernard, der leise Sänger der Liebe, Dorat mit Guirlanden en falbalas, der so gerne bulte mit der Natur, und dafür ein Opernmädchen erwischt hat, Suard, der in Perioden eintbelt; Thomas, jezt abwesend, gehört mit dazu, ein Philosoph im Purpurmantel, dessen Rede Pasaunenton ist.

Dieses Kränzchen ist in Paris, was, in einem mannichfaltigen Garten, ein holländisches Blumenstück ist; es sind kleine, geschnörkelte Felder, eine Minute für das Auge blendend, durch den Widerschein von Scherben und Glas. Hier wird nichtiger Stoff, scharfsinnig, durch üppige Kunst aufgestuzt; man arbeitet Blumen aus Federn und Stroh, haut Triumfbögen aus Zucker, schneidet Aupengegenden aus Postpapier, und ergözt sich

an

an den Farben — einer Seifenblase. Ihre Meisterstücke sind elektrische Bildchen, mit Feuerfunken gezeichnet. Aber alle derglei‍chen Kampfspiele des Wizes, wo man sich in Prosa und Versen, flache, klingende, honigsüße Dinge sagt, sind, wie sich Pope irgendwo ausdrückt, ein Gastgebot aus lau‍ter Brühen, ewiges Küzeln ohne Genuß, Wohlgerüche, welche die Nerven ermüden; nichts artet zu Nahrung und Kraft. Die Dame des Palasts hat die Kolonie aus Lilli‍put in ihren Schuz genommen; aber sie ragt unter ihnen merklich hervor. Es ist eine verständige, würdige Frau, die bescheiden urtheilt, richtig fühlt, und in einer kalten Untersuchung mehr gefällt, als im Epigram‍mengefechte. Mir kömt's vor, als ob sie,

bloß

bloß zur Erholung, einmal in der Woche, so ein Schattenspiel liebte.

Nichts kontrastirt mehr in dem Kreise, als der weise, tiefsinnige Neker, der, wie eine hohe Eiche unter Maienblümchen, da steht. Dieser seltene Mann kam ohne Mittel nach Paris; durch Glück und Fleiß im Handel, vorzüglich aber durch seine Einsicht in die Simptomen des öffentlichen Krebits, durch seine Würdigung der Staatspapiere in verschiedenen Zeiten und Umständen, hat er ein großes Vermögen erwörben; endlich erhub ihn sein Ansehn zur ehrenvollen Stelle eines Ministers seines Vaterlandes. Wenige kennen, wie er, die Verfassung dieses Staats, wenige reden so unterrichtend über den Gang seiner Thätigkeit, über den Umlauf und die Erneuerung innerer Kräfte.

Man

Man hängt an seinem Munde, wann er, lichthell, die Sisteme verschiedener Minister entfaltet, sie aus ihren Epochen heraushebt, alsdann nach dem Bedürfniß ihrer Zeiten schäzt, und ihre Fehler und Vorzüge abwiegt. Alles ruft jezt schwärmerisch nach Handelsfreiheit; Neker, unbetäubt, zieht die Linie der Wahrheit zwischen Unordnung und Finanztirannei, zeigt, wie man plündert, und wie man erntet, und das alles kalt und ruhig, ohne zu widerlegen, oder zu streiten, immer karg an Worten, und reich an Geist.

Sie verlangen mein allgemeines Urtheil über die Franzosen. Ich kan nur Außenlinien zeichnen, nach der Geselschaft, die ich besuchte; wer eine Nazion darstellen wolte, in ihrem Wesen und Sein, müßte, mit

mehr

mehr Menschenkentniß, auch länger forschen, als ich, aber auch nicht zu lange, weil sich endlich das Auge verwöhnt. Er müßte wenig Reflexionen liefern, sondern Rede, Handlung, Leidenschaft, unter Verliebten, Kindern, Vätern, Gatten, unter Fürsten und Knechten, Gruppen aus der wallenden Natur, so würde anschaulich, wie sie mit einander das Leben genießen, oder ertragen, wie sie leiden, wie sie sich freuen.

Wir haben freilich ihr Theater und ihre Romane. Collés Lustspiele, der Frau Riccoboni Schriften sind Gemälde der heutigen Franzosen, und treu, wie Fieldings Bilder; aber nur für ihren Gebrauch. Dem Eingebornen fallen andere Züge, und andere dem Ausländer auf; jener übersieht alltägliche Seltsamkeiten, welche diesem äußerst merk-

merkwürdig sind. Fehler werden aus Vaterlandsliebe verschleiert. Finden Sie, zum Beispiel, in ihren Schriften ihrer Gleichgültigkeit gegen alles Fremde gedacht, ihrer Unwissenheit ausländischer Sachen? Dennoch ist dies ein charakteristischer Zug, der, wenig seltene Männer ausgenommen, die ganze Nazion unterscheidet. Ich war arg in meiner Erwartung getäuscht, als ich, auf das Wort unserer Kunstrichter, glaubte, daß wir in Paris wenigstens eben so berühmt, als in Leipzig sein. Sie kennen unsere Naturkundiger, unsere Meßkünstler, unsere Mineralogen, wohl verstanden, wenn sie lateinisch schreiben, sie verehren Leibniz und Hallern, sie versichern, daß Monsieur Gaucher (Gottsched) ein großer Mann gewesen sei; aber von unserer Litteratur, von unserm

Theater,

Theater, von unsern Dichtern und Prosaï‐
sten wissen sie wenig, oder nichts. Unser
treflicher Rabener macht, in seinem galli‐
schen Kleide, eine abgeschmackte Figur. Sa‐
tirischer Wiz ist nicht zu verpflanzen; er ist
geheftet an die Zeit, oft an die Provinz, wo
er zu Hause gehört. Was in Sachsen tö‐
bendes Lachen erregt, wird Unsinn in der
Uebersezung. *) Geßners Idyllen haben,
wie die Stimme der Natur, unverdorbene
Mädchen und Jünglinge erweckt, die sie mit
Thränen der Empfindung lesen; für die
Meister vom Stul malt er zu fleißig: Son
travail, sagen sie, est trop leché; ce sont
des Détails trop minutiéux; il n'a pas lé

.coup

*) Z. B. in den Hofmeisterbriefen, nota bene
raucht Bremer. Il fume du Tabac de Bréme,
was soll da ein Franzos bei denken?

coup d'œil de l'ensemble, & il ne saisit point ces traits frappans qui transportent l'ame, & intéressent le génie. Und das klingt gut im Munde der Franzosen, wenn man ihre Werslein gelesen hat. Lessing ist als Fabeldichter bekant, aber man führt von ihm nichts anders als seine Furien an. Wieland würde unstreitig gefallen, unter seinen dünndrapirten Mädchen, wär es möglich die Malerei à la Gouasse so leicht und luftig überzutragen, aber das will nicht gelingen; es komt, wie die bunten Kupferdrucke nach kolorirten Zeichnungen, heraus; alles ist überladen und wird Sudelei. Dorat hat es mit der Selima versucht:

Son teint est animé du plus frais coloris

Et présente au Zéphyre, heureux de s'y

méprendre,

La pourpre de la rose & la blancheur

du lis.

So stellt sie sich dem Zephyr dar, und der Glückliche weis in der Verlegenheit nicht, ob er eine Rose, oder eine Lilie, gewahr wird; für den Deutschen ist sie ein geschminktes Ding, das wenig Neigung einflößt.

Klopstocks Ruf verbreitet sich zwar, nur sein Name macht ihnen bange; keine französische Kehle würgt ihn heraus. Einige haben seinen Adam gelesen, wenige gefühlt und erreicht. Sa maniere, sagen sie, est noire & sombre. Il peut être sublime, mais il est trop abstrait. Il s'est formé sur les Anglois. Ich kenne den einzigen Didebrot nur, der sich Gesänge aus dem Mes-

siat

sias mühsam dolmetschen läßt, und, durch das trübe Medium, die stille Erhabenheit des Dichters entdeckt.

Ueberhaupt ist ihre Meinung von uns, wir wüßten alles, was andere wissen, aber wenig aus uns selbst; unser Geschmack sei ganz unbildbar, unsere Sprache zu rauh für die Dichtkunst. Um es zu beweisen, haben sie irgend ein hartes Wort in Bereit: schaft, und geberden sich dabei, als im Kinnbackenzwang. Viele glauben ernsthaft, der König von Preußen schreibe darum al: lein in ihrer Sprache, weil es nicht mög: lich sei, sich im Deutschen en homme d'esprit auszudrücken. a)

T 2   Es

a) Seitdem Huber übersezte, und in einer edlen reinen Sprache Nationalgeprâg zu erhalten wußte,

Es ist doch mißlich um den Ruhm, der von einem Pol zum andern fliegt. Wie viel Unsterbliche giebt es nicht, die ihren Nacken an den Sternen reiben! funfzig Meilen von ihrer Heimat nent man sie nicht; zehn Jahre später sind sie vergessen. Ein Engländer hat berechnet, daß monatlich in Großbritannien wenigstens dreißig große Männer sterben, die außer ihrem Kirchspiel der ganzen Erde unbekant sind. Auch die Anglomanie wandelt leisern Schritts, als es manche Spötter versichern; man wird viereckige Kutschen, Kadogans und Reitknechtsüberröcke gewahr; man kennt die Schriftsteller aus der Zeit der Königin Anna; man erzählt,

wußte, kennt und beurtheilt man die Deutschen besser; dennoch wird man noch nicht viel mehr von uns, als von den Chinesern, wissen.

erzählt, das brittische Theater sei ein ekel-
haftes Blutbad, und ihre Verfassung ein
anarchisches Volksregiment; alles andere
schränkt sich auf ein Paar Berichtigungen
von Voltairens Formeln ein.

Le Nord — ist das Fleckchen Land, von
Hamburg bis Nova Zembla. Ein wohler-
zogener Franzos, der sich eben nicht auf die
Erdbeschreibung legt, stellt sich das ungefähr
ein paarmal so groß als die Picardie vor.
Viele haben mich hier so neugierig nach den
Grönländern gefragt, als ob sie Haus an
Haus bei uns wohnten. 3) Ein Naturkun-

T 3

diger

3) Darum hat Herr Tremarec de Kerguelen dem
Journal seiner Reise auf die Isländische Küste
eine Nachricht von den Samojeden angehängt,
(aus Müllers Samlung russischer Geschichte)
parceque c'est un peuple du Nord, und müssen

diger wolte allerlei von Pontoppidans Waſ-
ſerſchlange wiſſen, und von dem Kraken, der
einige Meilen groß iſt.

Gewöhnlich reiſen die Franzoſen nirgends hin als nach Italien; dort beſehen ſie
Kirchen und Bilder, denn alle ſchwazen
über Schönheit und Kunſt; wenige beſuchen
England in der neuern Zeit; überall komt
man ihnen unterthänig mit ihrer Sprache
entgegen; ſie erfahren alles durch die zweite
Hand, jeder Gegenſtand ändert Geſtalt

und

ſen wol dort herum wohnen. Der nämliche
fand, zu Bergen in Norwegen, ein Bild, das
einen Bauer vorſtellt, der einen Bären mit
den Händen erwürgt; (eine Fabel, die man
den Kindern erzählt,) er ließ es ſauber in Kupfer
bringen, und ſchaltete es mit der Erläuterung
ein:

Maniere de prendre les ours en Norwege.

und Farbe. Außerdem sind sie der bescheide:
nen Meinung, daß sie, mit andern Völkern
verglichen, ungefähr sind, was zu Perikles
Zeit die Griechen waren. Sie finden bei
sich Ueberfluß; es verlohnt ihrer Mühe nicht,
fremde Weisheit zu sammeln; daher schäzen
sie am Ausländer weniger eigenthümlichen
Werth, als jede Eigenschaft, die sie mit ihm
theilen. Es ist ein elendes Verdienst, ihre
Sprache gut und geläufig zu reden, und nichts
erwirbt hier schleuniger Freunde, als ce Talent, wie sie es nennen.

Also geht es langsam und beschwerlich
mit dem Kreislauf der Wissenschaften zu;
unter den Völkern täuscht sich Ueppigkeit und
Thorheit viel leichter als Weisheit um; alle
Eingänge sind durch hohe spanische Reuter
versperrt. Religion, Erziehung, Vorur:

theile,

theile, lagern sich überall in den Weg; aber es ist eine Frage, mein Freund, ob ein Volk, das sich einschränkt in vaterländische Grenzen, nicht geschwinder seine Bildung vollendet, ob es nicht an eigenem Gehalt, an Intensität gewinnt, was es an Ausbreitung verliert?

Die gute Gesellschaft in Frankreich ist weichlich, sanft und gefällig. Wenn ein Mund sich öfnet in der größten Versamlung, so schweigen die andern und horchen, mit einem schmachtenden Blick. Selbst der Ton der Stimme ist leise, wie der eines wieder genesenen Kranken; man widerspricht nicht, man bittet um Belehrung; man entscheidet nicht, man vermuthet nur; freilich wird nichts untersucht, nichts abgehandelt, man übergleitet die Oberfläche allein, und faßt

jedes

jedes Ding behutsam an, bei seinen äußersten
Enden.

Bei dem allen ist der Umgang nichts
weniger als tolerant. Eine ängstliche Furcht
vor dem Lächerlichen herscht despotisch über
den Geist. Niemand wagt es ein eigenes
Wesen zu sein, jeder sieht sich nach einem
Vorbild um, das im Besiz ist, den Ton zu
geben. Also stimt sich Wendung, Wiz und
Sprache durchaus zum ermüdenden Eins
klang. Wahrheit gefällt nur im Puze des
Tags; man erträgt ein zierliches Geschwäz
ohne Meinung; aber keine Weisheit ohne
Schmuck; täglich wandeln Wörter aus dem
Palaste zum Pöbel, täglich werden für die
Genies andere gemünzt. Selbst die Gegens
stände der Unterhaltung sind dem Eigensinn
der Mode unterworfen; nun ist Staats

 ökonos

ökonomie die Fabel im Drama, und für die Episoden, Wohlthätigkeit. Es klingt lustig, eine junge Dame über den einzigen Impot und die Kornsperre mit vieler Salbung lispeln zu hören; mit unter drängt sich eine Geschichte aus den Affichen hervor, wie ein Sohn seinen Vater nicht verhungern lassen wolte, oder wie ein Dorfpriester funfzig Livres unter seine Gemeinde vertheilt hat.

Aber freilich sind wir gegenwärtig der Inhalt aller Gespräche. Ich höre täglich mit neuem Erstaunen, wie es in Dännemark hergeht, und was sich im Hôtel de York 4) zuträgt, alles lauter gut gemeinte, wohl erzählte Begebenheiten, nur ist nicht eine Silbe wahr. Ein Wort giebt vielleicht unmerklichen Anlaß, und das wuchert gleich

4) Wo der König von Dännemark logirte.

in einem französischen Kopfe; die Anekdote
geht von Mund zu Mund, spizt sich zu und
rundet sich ab, endlich wird es mit Reimen
verziert, damit es auf die Nachwelt komme
— durch den Merkur.

Gelehrte und Künstler von unstreitigem
Werth werden ohne den Firniß der Welt
nicht geschäzt; ihr Ruhm mag durch Europa erschallen, in Paris fragt man eher
einen Haarbeutelschneider, als ihre Wohnung aus. Cet homme, sagen sie, a bien
du mérite, mais c'est du baume dans un
vilain vase. S'il est savant, tant mieux
pour lui, mais non pas tant mieux pour
les autres. Seine Achtung nimt im Verhältnisse zu, als er viel oder wenig zum Vergnügen der Unterhaltung beiträgt. Wenn
sie also von einem berühmten Ausländer hö-

ren,

ten, so entsteht unmittelbar in ihrem Ge
hirn der Begriff, daß es der beste Gesell
schafter von der Welt sein müsse. Bei der
Gelegenheit kan ich Ihnen eine drollige Ge
schichte erzählen.

Als Hume in Paris erwartet wurde,
ging ihm sein Name voraus; alle gute Köpfe
harrten ungeduldig, parceque, hieß es, c'est
un homme d'un esprit infini. Kaum war
er auf dem festen Lande, so kubaßrte man
schon in den ersten Kotterien, um ihn früher,
gewisser an sich zu ziehn. Es gelang einer
eleganten Prinzeßin, daß sie ihn haschte, den
Wundermann, da sie es war, die ihn in
den Zirkel der Welt einführen solte. Man
veranstaltete ein Abendessen, Charten flogen
nach allen bekanten Cailleten, pour les in-

viter

viter à un souper délicieux où se trouveroit Monsieur Ume.

" Nun erschien der trockne, launige Mann, der den Mund nicht aufthut, wenn ihn nichts interessirt, und freute sich wol in seinem Herzen über diese Cerealien, wo alle Weiber über ihn herfielen, um auszumachen, ob er ein Weib sei. Nichts blieb unversucht, um ihn zu elektrisiren; man sprach de ses charmans ouvrages, die Niemand von ihnen lesen konte, du génie profond de Messieurs les Anglois; umsonst, der Undankbare blieb einsilbig und kalt, und gab nicht einen Funken von sich. Endlich zuckten sie betroffen die Schultern, blickten sich einander mitleidig an; den andern Tag flüsterte man sich ins Ohr:

que Monsieur Ume n' étoit qu' une Bête.

Ein

Ein Erzspaßvogel sezte hinzu: Cet homme a fourré tout son esprit dans son livre.

Dennoch ist diese Forderung nicht ohne Vortheil in ihren Folgen. Weil man von den Gelehrten Lebensart begehrt, so bilden sie emsiger an ihren Sitten, und lernen endlich die Manieren der Welt. Hier treffen Sie auf keine Karikaturen, die sich aus der Trödelbude verzieren, nicht auf die cinische Gattung, die, von Großen ernährt, ungezogen auf höhere Stände schimpft, keine dreiste Schreier, keine blöde Tropfen, weder Gestalten mit Pallisadenanmut, noch bewegliche kurzweilige Pantins. Hier verträgt sich leichter, einnehmender Anstand mit tiefer, ernsthafter Wissenschaft, und man kan Arabisch verstehen, wie Reiste, und dennoch unter den Hofleuten glänzen.

Lassen

Laſſen Sie uns gerecht ſein gegen dieſes Volk. Es giebt würdige große Männer unter ihnen; ſie ſind ein freundliches, heiteres, gutmütiges Menſchengeſchlecht. Wir ſollten manches von ihnen lernen; ſie verdienen unſere Achtung und Liebe, und, was auf dieſem Erdenleben ein nicht geringes Verdienſt iſt, ein Verdienſt, das wir nicht wieder vergelten.— ſie beluſtigen uns.

Ein Freund, dem ich vorſtehenden Brief mittheilte, ſchrieb auf den Umſchlag:

„Zu der Note Hubern betreffend.

O ihr künftigen Huber, überſezt die Deutſchen nicht mehr! weh' uns, wenn ihr die Fremden ladet auf unſere Thränen übung im Mondſchein, auf den Veitstanz konvulſiviſcher Leidenſchaften, auf den ſtark

ſein

sein sollenden Unsinn, abentheuerlich aus
Barden und Skalden geplündert, auf die
Dramen, wo alle Helden Renommisten,
und alle Bösewichter Schaarwächter sind,
wenn ihr absingt, mit dem Stab in der
Hand, unsere Mord= und Gespenster=
schichten, oder gar den Geist und die Kraft
der Nazion aus Krügen und Herbergen —
Volkslieder, die man nachzuleiern nicht er=
röthet, als wär es ein schimmerndes Ver=
dienst — so wizig als ein Handwerksbursch
zu sein. Wer Lessing, Mendelssohn, Zim=
mermann, den Agathon, und Sulzern ge=
lesen hat, wer sich an Klopstocks himmlischen
Gedichten, an Wielands irdischen ergözte,
und nun, zehn Jahre später, eine sinlose,
zerhackte, holperige Prose, oder flache Knit=
telreime hört — muß er nicht von dem deut=

schen

schen Genius glauben, daß sein männliches
Alter vorbei ist, daß er wieder zur faselnden
Kindheit herab sinkt? Auch die Alten hat‑
ten ihre Pöbeleien, im Drama, in der Sa‑
tire, wenn es Zweck und Eigenheit foderte;
sie verstanden es proprie communia dicere,
aber es fiel ihnen nicht ein, sich niederzu‑
lassen in der leeren sumpfigen Gegend der
Natur, dort allein Moor‑ und Heideblu‑
men zu sammeln. Wenn der Strohfidel
versler und der Bänkelsänger den Dichter
bilden soll, so wird der spruchreiche Hoch‑
zeitbitter und der Kranz aufsteckende Zimmer‑
gesell auch bald den deutschen Redner unter‑
richten.

Durch solche Würfe sind wahrlich die
Griechen nicht unsterblich geworden, sie, die,
in der vollkommensten Euphemie, tiefen In‑

hüll in reizenden Ausbruck kleibeten. Von
ihnen, also von dem Genie, empfing Ari=
stoteles seine Regeln, und gab nicht Geseze:
dem Genie, die man jezt so gerne verachten=
mögte, weil man sie nicht mehr ausüben=
kan. —"

Ich erkläre feierlich, daß ich keinen An=
theil an diesem Ausfall nehme, auch dünkt
mich, daß die Furcht meines Freundes un=
gegründet sei. Viele unserer neuen Werke=
sind — unübersezbar, und freilich keine ge=
würzte Leckereien, aber gesunde Kost für=
deutsche Magen — wie die Eicheln für unsere=
Väter.

Laßt die alten Herren immer zürnen,
weil ihr Ansehn nichts mehr gilt. Nach dem
allgemeinen Lauf der Dinge, wird der ältere
durch den jüngern von der Bühne verdrängt.

Wie

Wir sind der gefeilten Arbeit müde; es ist Zeit, daß endlich Mutter Natur einmal spricht, wie ihr der Schnabel gewachsen ist. Warum soll denn allein ein edler Kreis von Kennern belustigt werden? Wir lassen uns jezt zu der unverdorbenen ehrwürdigen Menschengattung herab; ist sie erst durch Redner und Dichter, wie das athenische Volk, gebildet, so wird ihr Beifall Sieger der Vortreflichkeit. Schon wandelt allmählig die populär gewordene Litteratur aus den Zimmern, unter die Treppe, und mir ist eine Lesegesellschaft bekant, zu welcher ein Paar Kutscher gehören.

 Pitt.

Pitt.

Pitt stand allein auf seiner hohen Stelle; die Flut der neuen Sittenverderbniß strömte tief unter ihm hin. Er hatte sich selbst gebildet, und sank nie zur Nachahmung, auch der größten Männer herab. In seiner Gestalt ist strenger Ernst, wie in den Formen der ältesten Kunst, und auch die Härte derselben. Ihm ist kein Staatsmann aus der Geschichte zu vergleichen. Er verachtete die Politik; ihre Ränke waren ihm entbehrlich. Nie hat er gestrebt Recht zu behalten; nie hat man ihn überredet, oder bewogen. Er riß ein und baute, herrschte, überwältigte; Englands Größe war sein Ziel, und sein Ehrgeiz Unsterblichkeit. Nie erhub sich in

seinem

seinem Lande ein großer Mann ohne Parthei; er allein vernichtete alle Partheien.
Alle Britten waren mit ihm einig. Unter
einem verkäuflichen Volk hat er nie eine
Stimme gekauft. Frankreich sank unter der
Kraft seines Arms, der die bourbonische
Ligue zertrümmerte, und Englands wogen-
thürmende Demokratie nach allen Richtun-
gen seines Willens trieb. Er sah ins Grenzenlose, und maß das Schicksal von Jahrhunderten mit Einem Blick. Seine An-
schläge wurden immer durch unerwartete
Mittel ausgeführt, die sich den Umständen
anschmiegten, immer in die eigene Minute
trafen, wo sie gelingen mußten. Hindernisse
und Kräfte waren seinem Geiste auf einmal
gegenwärtig, den gleichsam eine Gabe der
Weißagung stärkte.

U 3

Diese

Dieser Mann paßte nicht in seine Zeit,
nicht unter die Pigmäen seines Jahrhunderts.
Furchtsam blickten sie an ihm hinauf; alle
Klassen der seichten Rotte zitterten bei dem
bloßen Namen Pitt. Freilich besizt er die
Verdienste eines guten, freundlichen Mannes nicht; diese sind nur für Menschen von
minderer Größe. Unempfindlich gegen die
sanfteren Freuden des häuslichen Glücks,
sah er unverwandt auf Britanniens Schicksal, trat unter seine Helden und Gesezgeber
hin, und entschied's.

Seine Beredsamkeit war leicht und helle,
und drückte die erhabensten Empfindungen
durch gemeine Redensarten aus. Sie war
weder dem reissenden Strom des Demosthe-
nes, noch der verzehrenden Flamme des
Tullius ähnlich, sondern sie glich zuweilen

dem

dem Donner, zuweilen der Musik der Sphä-
ren. Er verleitete, fesselte den Verstand
nicht, durch mühsam verkettete Schlüsse, wie
Mansfield; er war nie, wie Townshend,
auf der Folter, um Wiz und Talente zu zeigen: sondern er umstralte den Gegenstand,
und traf sicher den Punkt, durch den Bliz
seines Geistes, den man, wie den Bliz seiner Augen, nur empfindet, nicht beschreibt.
Er konte nach Willkür umbilden, erschaffen,
zerstören. Er hätte ein wildes Volk unter
Ordnung und Geseze vereinigt. Er verstand's, ein freies Volk wie Sklaven zu beherschen, ein Reich zu gründen, oder zu
vernichten, und einen Streich zu schlagen,
der durch die Welt wiederhallte. *)

U 4 So

*) Bis hieher gehören einige Züge einem engli-
schen Schriftsteller.

So war Pitt im lezten Krieg. Und
wer konte widerstehn, als er in der Toga
stand, und für die Kolonieen gegen die
Stempelakte sprach: „Eure Herschaft über
„Amerika ist unumschränkt, wenn es auf
„Regierung, auf Gesezgebung ankömt, aber
„ihr seid nicht befugt, Steuern von den
„Kolonisten zu fordern. Sie haben mit
„uns gleichen Anspruch auf die Rechte der
„Menschheit, auf die Rechte von England;
„sie sind keine Hurenkinder, sondern eure
„Söhne. In unserm Vaterland ist das
„Recht Steuern aufzulegen weder ein Theil
„der regierenden, noch der gesezgebenden
„Macht; Steuern sind ein freies Geschenk
„der Gemeinen. Dieses Haus stellt die Ge-
„meinen vor; darum geben und bewilligen
„wir, was wir geben können, unser Eigen-
„thum.

„thum. Aber wenn wir dem König Steuern
„von Amerika bewilligen, so bewilligen Sr.
„Majeſtät Gemeinen von Großbritannien
„— unſer Eigenthum?' nein, das Eigen-
„thum Sr. Majeſtät Gemeinen in Amerika.
„Einige ſagen, die Koloniſten werden vir-
„tualiter durch dieſes Haus repräſentirt.
„Ich frage, durch wen? durch Abgeordnete
„irgend eines Diſtrikts, irgend einer Stadt
„— wo ſind ſie? ein verächtlicher Einfall,
„der keine Widerlegung verdient. Warum
„wollt ihr unmittelbar in der Taſche eurer
„Brüder plündern? Steuern ſie nicht mit-
„telbar beſchwerlicher als wir, durch eure
„Monopolien? Müſſen ſie nicht alles von
„euch, ſo theuer als ihr wünſchet, kaufen?
„alles an euch, ſo wohlfeil, als ihrs wollt,
„verkaufen? dürfen ſie den Segen ihres

„Landes

"Landes und die Früchte ihres Fleißes irgend
"Jemand anbieten? Ihr erlaubt keinem
"Volke der Erde auf diesem Markt neben
"euch zu stehn. Man erzählt uns, daß
"Amerika hartnäckig ist, daß es einen öffent=
"lichen Aufruhr gewagt hat. Ich, meine
"Landsleute — ich freue mich, daß es wider=
"steht. Drei Millionen Menschen, die sich
"freiwillig unter die Knechtschaft beugten,
"würden künftig taugliche Werkzeuge sein,
"auch uns das Joch auf den Nacken zu hef=
"ten. Seit König William hat kein Mini=
"ster den fürchterlichen Plan gewagt; er war
"unsern Zeiten vorbehalten.

"Wenn Amerika fällt, so wird es die
"Pfeiler des Staats ergreifen, und hinstür=
"zen auf die Trümmer unserer Verfassung.
— Ist dies euer gerühmter Frieden? Ihr

"wollt

„wollt das Schwert nicht in die Scheide,
„sondern in die Eingeweide eurer Brüder
„stecken.“

Die Verehrer Pitts wünschen einen Tag
aus seinem Leben zu vertilgen, dessen Geschichte Lord Chesterfield in folgenden Worten
erzählt: „Pitt hatte freie Hand alle Mini-
„ster zu nennen: und errathen Sie, wozu
„er sich gemacht hat? zum geheimen Sie-
„gelbewahrer und — werden Sie's glauben?
„zum Lord Chatham. Hier ist der allge-
„meine Scherz, daß er die Treppe hinauf
„gefallen ist, und zwar so unglücklich, daß
„er in seinem Leben nicht wieder auf die
„Beine kommen wird. Nun ist er nichts
„mehr, als Lord Chatham, und in keiner
„Bedeutung mehr Pitt. Ich kenne in der
„Geschichte kein ähnliches Beispiel. So in

„der Fülle seiner Macht wegzufliehen, in
„Genuß des befriedigten Ehrgeizes, das
„Volk, das Haus der Gemeinen zu verlaß
„sen, das ihm allein Macht gab, ihm al=
„lein Macht versichern konte, ins Hospital
„der Unheilbaren, ins Haus der Lords zu flüch=
„ten — es ist ein unglaublicher Schritt." a)

Dennoch haben andere den großen Mann
nicht ohne Nachdruck vertheidigt, der ent=
kräftet in Schatten zurücktrat, als England
durch ihn triumfirte. Weder Würden noch
Titel konten Pitt erhöhn, sondern er ent=
wich allein dadurch dem Geräusch und den
Stürmen der Regierung, weil er Ruhe
wünschte nach unsterblichen Thaten; und
verdient sie vielleicht der Retter seines Volks
nicht? ...

Aber

a) Lettres to Mr. Stanhope.

Aber als er neulich sich wieder auf seinen Krücken empor hub, und im Parlament mit sterbender Stimme rief: „Britten, ihr „wollt Frieden kaufen? aufopfern Ruhm „und Herschaft; nicht züchtigen Frankreich, „das vor euch bebte, euch nun Hohn spricht? „— Ich — zeuge wider euch bei der Nach= „welt. Auf, laßt uns kämpfen, fallen, „wenn es sein muß, unter den Trümmern „des Vaterlandes!“ War das nicht wieder die große Seele Pitt's, die neuverklärt über ihrem Leichnam schwebte?

Die gegenwärtige Epoche von England erinnert an Roms gefahrvollen Krieg mit Tarent und den Chatham jener Zeit. Pyr= rhus, als Bundsgenoß der Tarentiner, hatte den Konsul Levinus überwunden, und stand

mit

mit seinem Heer nur achtzehn Stunden von
Rom; aber weil er Römermut zu würdigen
verstand, so trug er dem Senat gleich nach
erfochtenem Sieg freiwillig einen Vertrag
durch den Philosophen Cineas an, der, durch
Geschenke und Gründe und durch allen
Schmuck der Redekunst, das Erbieten zu
empfehlen wußte. Schon wankte der Rath,
und einige stellten vor, daß eine große Schlacht
verloren sei, daß eine zweite gefährlicher,
entscheidender werden könte, weil manche
Völker Italiens sich mit Pyrrhus vereinigen
wolten. Rom war im Begriff, einen schimpf-
lichen Frieden, als eine Wohlthat, anzu-
nehmen. Aber Appius Klaudius lebte noch,
der, im hohen Alter und des Gesichtes be-
raubt, fern von Geschäften unter seinen Lor-
beern

beern ruhte. [3] Er hörte nicht: so bald die
friedliche Neigung des Senats, als er sich
in einer ofnen Sänfte über den großen Plaz
von

3) Es verlohnt sich der Mühe anzuführen, was
Cicero von diesem Manne sagt. „Appius Klau-
„dius war nicht allein alt, sondern auch blind;
„dennoch, als der Senat zum Frieden mit
„Pyrrhus geneigt war, sprach er dawider, wie
„Ennius solches in folgenden Versen ausbrückt:
  „Wie ist euer standhafter Mut auf einmal
„so thörig und tief herabgesunken, ihr Römer!“
„Und an einer andern Stelle: „Appius stand
„seiner Familie vor, und war alt und blind;
„sein Geist war gespannt, wie ein Bogen; es
„unterlag der Schwachheit des Alters nicht,
„und erhielt nicht allein Ansehen unter den
„Seinigen, sondern er beherschte sie auch. Er
„war gefürchtet von seinen Knechten, von sei-
„nen Kindern geehrt, und geliebt von allen.
„In

von Rom nach dem Kapitol bringen ließ. An der Thüre erwarteten ihn seine Schwiegersöhne und Kinder, auf deren Arme gestüzt er in die Versamlung trat, die bei dem Anblick des großen Mannes in stiller Ehrfurcht schwieg.

„Römer,“ sprach er, mit zitternder Stimme, „ich bin schon lange blind, und „ertrage mein Schicksal ungedultig; aber „heut wünschte ich auch taub zu werden, um „eure Schlüsse nicht zu hören. Wo ist euer „Troz, wo sind die hohen Reden, die durch „die Welt erschallten? Eure Väter, rühm„tet ihr, hätten den Alexander verachtet? „Habt ihr nicht oft wiederholt, daß Rom „nur der Triumf noch fehlte, mit ihm gekriegt „zu

„In seinem Hause blühten alte väterliche Sit„ten und Zucht. Cato major, vel de Senect. Cap. V. und XI.

„zu haben, daß er durch seine Flucht, oder
„durch seinen Tod euch verherlicht haben
„würde? Das war also eitle Pralerei? —
„Die Mazedonier fürchtet ihr nicht; aber
„die Molosser und die Chaonier? Den Alex
„ander fürchtet ihr nicht; aber wol den Pyr
„rhus, der als Knecht bei seinen Knechten
„diente? — Ihr träumt Frieden zu kaufen;
„Krieg und Untergang werdet ihr für Schan
„de kaufen! Wenn euch Pyrrhus gedemütigt
„hat, wenn man euch erst verachtet, so wer
„den andre Feinde sich wafnen, und über das
„erniedrigte, mutlose Volk herfallen. — Ha,
„ihr Schuzgötter meines Vaterlandes! wel
„cher Tag! — Pyrrhus siegt, und giebt Rom
„dem Spott aller Barbaren Preis." 4)

Rom verwarf den Frieden und siegte.

4) Plutarch im Pyrrhus.

Klopſtock an Boie.

Ich habe Tellows Briefe an Eliſa mit inni=
gem Vergnügen geleſen. Mögen ſie doch
für den größten Haufen manch unwichtiges
enthalten; mich intereſſirt jede Miene des
Mannes, den ich mit warmer Zärtlichkeit
liebe; alles erneuert mir den Genuß beſſerer,
vergangener Zeiten.

Als ich im Hauſe des unſterblichen Bern=
ſtorfs mit ihm lebte, mein Herz mit ihm
theilte, über alle Wünſche glücklich war unter
den beſten, edelſten Menſchen — heiterer,
Morgen einer trüberen Zukunft! — Meine
Bekantſchaft mit Klopſtock bildete ſich ſchnell,
und in ſieben unvergeßlichen Jahren ſind,
außer einer achtmonatlichen Reiſe, wenige

Tage

Tage verflossen, worin wir uns nicht sahen.
Nie hat in dieser Zeit ein Wölkchen Laune
unsre Freundschaft umdämmert; denn auch
als Freund ist Klopstock

Eiche, die dem Orkane steht.

Gegenwärtig, ferne von ihnen, oder im
täuschenden Schatten, er verkennet seine
Freunde nie. Hat er einmal geprüft und ge-
liebt, so währt's ewig, laß auf sein Urtheil
Wahrscheinlichkeiten und künstlich erlogene
Thatsachen stürmen.

Ich will, lieber Bote, auch aus meinem
Gedächtniß einzelne Züge für die wenigen
sammeln, denen das Bild eines würdigen
Mannes Geisteswollust gewährt. Alles ist
mir ganz gegenwärtig; denn ich empfinde,
lebe, genieße immer noch in der vergangenen
Zeit.

Klop:

Klopſtock iſt heiter in jeder Geſelſchaft, fließet über von treffendem Scherz, bildet oft einen kleinen Gedanken mit allem Reichthum ſeiner Dichtergaben aus, ſpottet nie bitter, ſtreitet beſcheiden, und verträgt auch Widerſpruch gern; aber ein Hofmann, lieber Tellow, iſt er darum nicht, wenn ich auch nur einen Gefälligen unter dem Worte verſtehe, der ſich geſchwind bei Höhern einſchmeichelt. Seine Geradheit hält ihn vielmehr von der Bekantſchaft mit Vornehmern zurück, nicht daß er Geburt und Würde nicht ſchäzte, aber er ſchäzt den Menſchen noch mehr. Er forſcht tiefer nach innerem Gehalt, ſobald ihn Erziehung und Glanz blenden können, und er fürchtet, als eine Beſchimpfung, die kalte, beſchüzende Herablaſſung der Großen. Darum muß nach dem

Verhält

Verhältniſſe des Rangs immer ein Vorneh-
merer einige Schritte mehr thun, wann ihm
um Klopſtocks Achtung zu thun iſt. Selten
findet ihr ihn in der ſogenanten guten Geſelſchaft, im Zirkel abgeſchliffener Leute, bei
welchen, wie auf König Williams Schillin-
gen, kaum ein Gepräg mehr kentlich iſt, die
ſich täglich ohne Liebe ſuchen, ohne Kummer
verlaſſen, über alles gleiten, und an nichts
Theil nehmen, ihre Zeit unter Spielen und
Schmauſen, wie eine Bürde, fortſchleppen
— ſie ſind auf der Leiter der Weſen nur einen Sproß höher als Puppen im Uhrwerk,
die, auf ihrer Walze befeſtigt, ſich ewig in
der nämlichen Schwunglinie drehen. Dafür
zog Klopſtock lieber mit ganzen Familien ſeiner Freunde aufs Land; Weiber und Männer, Kinder und Diener, alle folgten und

X 3

freuten

freuten sich mit. Wir suchten dann unweg=
same Oerter, finstre, schauervolle Gebüsche,
einsame, unbewanderte Pfade, kletterten
jeden Hügel hinauf, späheten jedes Natur=
gesicht aus, lagerten uns endlich unter einer
schattigen Eiche, und ergözten uns an den
Spielen der Jugend, ja nicht selten misch=
ten wir uns drein. Oft zeigte Klopstock einen
fernen Baum. „Dorthin!“ rief er, „aber
geradezu — wir werden auf Moraß und
Gräben treffen — ey bedächtlicher! so bauen
wir Brücken;“ — und so wurden Aeste ge=
hauen; wir rückten, mit Faschinen beladen,
als Belagerer fort, sicherten den Weg, und
erreichten das Ziel. Klopstock ist immer mit
Jugend umringt. Wann er so mit einer
Reihe Knaben daher zog, hab' ich ihn oft
den Mann von Hameln genant. Aber auch

dies

des ist Gefallen an der unverdorbenen Natur. Deutschland verdankt seiner Jugend-
liebe einige seiner bessern Menschen; unsre
Stolberge und Karl Cramern hat seine Zärtlichkeit früh gebildet.

Klopstocks Leben ist ein beständiger Genuß. Er überläßt sich allen Gefühlen, und
schwelgt bei dem Mahle der Natur. Nur
wann sie aus dem Kunstwerk athmet, ist die
Kunst seiner Huldigung werth; aber sie muß
wählen, was Herzen erschüttert, oder Herzen sanft bewegt. Gemälde ohne Leben und
Weben, ohne tiefen Sinn und sprechenden
Ausdruck, eure Mieris, Netscher und Slin-
gelande fesseln seine Beobachtung nicht; aber
zeigt ihm Bouchardons Tiresias, wie er die
Schatten beschwört, Rembrands Lazarus,
wie er zum Leben erwacht, Rubens sterben-

ben

den Christus: dann hängt er trunken am Bilde. So auch Musik. Sie durchströmt ihn, wann sie klagt, wie die leidende Liebe, Wonne seufzet, wie ihre Hofnung, stolz da her tönt, wie das Jauchzen der Freiheit, feierlich durch die Siegespalmen hallt. Immer muß sie der Dichtkunst nur dienen, Windemens Stimme folgsam begleiten, nie das Lied verhüllen, sondern leicht umschweben, wie der Schleier eine griechische Tänzerin. O, wie oft lauschten wir an unsers Gerstenbergs Klavier, wann er den holden Wechselgesang mit seiner zärtlichen Gattin anstimte!

Gerstenberg lebte damals in Lyngbye, nahe bei Bernstorf, und hatte, durch eine Reduktion, den größten Theil seiner Einkünfte verloren, aber in seiner Hütte wohnten heitre Ruhe der Tugend und alle Freuden der Liebe.

— Licet

— Licet sub paupere tecto
Reges et regum vita praecurrere amicos.

Hier sang er seinen unsterblichen Skalden, manches holde katullische Lied, und erfand die goldenen Träume des guten leidenden Sabbo. Von ihm konten die Hippiasse lernen, daß die Blume der Freude nicht auf ihren Parterren allein blüht, daß sie auch für die Sterne und die Gerstenberge auf einer Sandwüste keimt. Wir eilten zum einsamen Haus, und verließen Paläste, wie man, durch le Notres Gärten, nach dem kunstlosen Hain eilt.

Die freudigste Zeit des Jahrs für Klopstock war,

Wann der Nachthauch glänzt auf dem stehenden Strom.

Gleich nach der Erfindung der Schiffahrt verdient ihm die Kunst Tialfs ihre Stelle.

Wer

Wer nante dir den kühneren Mann,
Der zuerst am Maste Segel erhob?
Ach! verging selber der Ruhm dessen nicht,
Welcher dem Fuß Flügel erfand?

Eislauf predigt er mit der Salbung eines
Heidenbekehrers, und nicht ohne Wunder
zu wirken; denn auch mich, lieber Boie,
der ich nicht zum Schweben gebaut bin, hat
er aufs Eis argumentirt. Kaum daß der
Reif sichtbar wird, so ist es Pflicht, der
Zeit zu genießen, und eine Bahn oder ein
Bähnlein aufzuspüren. Ihm waren um
Kopenhagen alle kleine Wassersamlungen be-
kant, und er liebte sie nach der Ordnung,
wie sie später oder früher zufroren. Auf die
Verächter der Eisbahn sieht er mit hohem
Stolze herab:

Säumst du noch immer an der Waldung auf
dem Heerd', und schläfst

Schein-

Scheinbar denkend ein? Wecket dich der
silberne Reif

Des Dezembers, o du Zärtling! nicht auf?

Eine Mondnacht auf dem Eise ist ihm eine

Festnacht der Götter:

Nur Ein Gesez: wir verlassen nicht eh den
Strom,

Bis der Mond am Himmel sinkt!

Wenn ich das Gesez durch Glossen verdrehte,

oder es brach, so ward meine Sünde durch

ein Hohngelächter gerügt. In dem Eislauf

entdeckte sein Scharfsinn alle Geheimnisse

der Schönheit. Schlangenlinien, gefälliger

als Hogarth's, Schwebungen, wie des

pythischen Apolls; schöner als der Liebesgöt-

tin Locken wehet ihm Bragas goldenes Haar.

Die Holländer schäzt er gleich nach den Deut-

schen, weil sie ihre Tirannen verjagten, und

— die besten Eisläufer sind. Einst traf ich

ihn

Ihn bei einer Karte in tiefem Nachsinnen an; er zog Linien, maß und theilte. — Wird es wol gar ein Partagetraktat? oder ein Sistem eines bessern Staatsgleichgewichts? — Sehen Sie, rief er, man vereinigt Meere; wenn man diese Flüsse verbände, hier einen Kanal zöge, dort noch einen, das wäre doch unsrer Fürsten noch würdig, denn so hätte man Deutschland durch eine herliche Eisbahn vereinigt. Er hat Geseze für den Eislauf gegeben, mit einem Solonischen Ernst. Ueber alles, auch über seinen Scherz, weis er Würde zu verbreiten. Ich verwahre zwei Briefe von ihm für eine Dame geschrieben, die mich zum Kampf herausfoderte — auf ein Paar hölzerne Degen, hochtrozend — wie Longin für die Zenobia schrieb. Andere Briefe besize ich wenig von diesem lieben

sesu

sofistischen Nichtschreiber. Ich ließe gern seine Scheingründe gelten, wäre nur ein andres Mittel bekant, seiner abwesenden Freunde zu genießen. Aber die Noth ist erfinderisch. Viele seiner Freunde werden ihm nun vierteljährig ihre Briefe durch einen Notar einhändigen lassen, der dann jedes Wort von ihm auffängt, und ein Instrument drüber verfertigt. Wollen Sie mir auch Ihre Vollmacht einschicken?

In seiner schweren Geistesarbeit wird Klopstock durch keinen Einbruch, keine Ueberraschung gestört. Ich hab' ihn, als er Hermanns Schlacht und manche seiner Oden dichtete, zu allen Stunden des Tags und der Nacht überfallen. Nie ward er mürrisch; ja es schien, als wenn er sich gern durch eine leichtere Unterhaltung erholte.

Klop-

Klopstock ist dunkel. Tellow hat ihn gründlich vertheidigt. Grabt in der Mine, so findet ihr Gold; oder wann euch das zu mühsam wird, so lest Uebersezungen von Junker, oder Collier's Kubachiade. Freilich feilt er so emsig die Sprache, schneidet so streng den Ueberfluß weg, wägt so empfindlich dem Vers und dem Inhalt Tonlaut, Zeitmaaß und Wortlaut zu, schöpft so anhänglich aus der Gegenwart Eindruck, daß es so gemächlich nicht angeht, alle Nüanzen seiner Darstellung zu haschen. Oft schreibt er nur das lezte Glied einer langen Gedankenreihe hin, und man muß mit seines Geistes Sitte vertraut sein, wenn man ihm sicher zurückfolgen will. Wer mit ihm gelebt hat, versteht ihn leichter, weil er mehr als einen Faden hält, der ihn durch seine Schöpfungen führt;

führt; und darum ist es nüzlich und gut, daß jezt schon Tellow seine Oden kommentirt.

Von Klopstocks poetischer Ordnung, von seinem Goufre, der Schriften verschlingt und wieder auswirft — disjecta membra poetae — ließe sich noch manches erzählen; aber Ehre, dem Ehre gebührt: ich habe Klopstocks Papiere einst in lauter goldenen Umschlägen gekant, zierlich auf seinem Schreibtisch geordnet, wie die Briefe eines Stuzers; und das nenne ich die goldene Zeit seines Archivs. Sie währte ganzer acht Tage lang; und wer die Epoche zu erneuern Lust hat, darf ihm nur seine Gedichte in Goldpapier zuschicken.

Eins ist mir leid — daß Tellow der unreinlichen Kaste gewisser Rezensenten erwähnt. Ich finde nirgends, daß man den Virgil

Birgil gegen namenlose Schwäzer verthei
digt hat. Wenn irgend ein Bube Montes
quieus Namen an den Pranger gekreidet
hätte, würde darum der Mann und sein
Werk weniger ehrwürdig bleiben? Es ist
freilich lächerlich, wann die Nazion einen
Schriftsteller gerichtet hat, daß sich ein Qui=
dam hinsezt und erzählt, wie es der besagte
Autor hätte einrichten müssen, um ihm, dem
Kostgänger eines Buchladens, zu gefallen;
aber doch ist es ein bitteres Brod. Ich muß
dergleichen thun, sagte Freron, denn ich muß
leben; je n'en vois pas la nécessité, ant=
wortete der Lieutenant de Police. So oft
man Zachariä ein Stambuch überreichte, beug=
te er sich tief vor dem Besizer: denn es kan
sich treffen, sagte er, daß ich vor meinem
Richter stehe. Ich rede nicht von der Berli=

ner

ner Bibliothek; dieses Werk enthält Män-
nerarbeit, wann sich auch gleich ein seichtes
Blättchen über Klopstock und andere mit ein-
schlich. Rezension ist dort oft nur der Faden,
worauf ächte Perlen gereiht sind. Künftig
etwas über Klopstocks Lieblingsideen, Brutus, Freiheit, Vaterlandsstolz, unsre Sprache. Ich denke darüber nicht mit ihm einig.
Gleichheit der Grundsäze verbindet Freunde,
aber Gleichheit der Meinungen nicht. Mannichfaltigkeit ist das Gesez der Natur. Ich
wiederhole, was ich irgendwo gesagt habe:
es läßt sich streiten, ob wir in einer Welt
ohne Zweifel und Irthum glücklicher wären.

Fragment aus den Papieren eines verstorbenen Hypochondristen.

Hypochondrie, polipenartiges Ungeheuer! hier lieg' ich ohne Rettung, und winsle, von deinen tausend Armen umstrickt.

Freilich war es meine Schuld, (und dies vermehrt meine Quaal,) daß ich mich im Genuß des Lebens übereilte, und seine Freuden und mich, in einer gedankenlosen Jugend, erschöpfte. Ich war noch nicht dreißig Jahr alt, als ich schon zu leiden anfing. Immer schlug mir, wie einem Uebelthäter, das Herz; ich holte mühsam, wie Sisyphus unter seinen Felsen, Odem; auf traurige Tage folgten jammervolle Nächte; die Welt ekelte mir; ich seufzte nach Einsamkeit, und konte

mir

mir selbst nicht entfliehn. Ein französischer Arzt versicherte mich, daß ich nichts bedürfe, als viermal im Jahr einen Coup de lancette. Ihre Humeurs, sprach er, kochen und streben; Ihre Gefäße sind überfüllt; Ihre Nerveu überspannt, und das freie Spiel Ihrer Lunge ist gefesselt. Ich folgte viele Jahre seinem Rathe, und meine Beschwerden nahmen fürchterlich zu.

Danken Sie Gott, daß Sie noch leben, schrieb mir ein Praktikus; denn Aderlassen ist ein langsamer Mord. Die Natur, die sonst allen Ueberfluß wegräumt, hat, wie Sie wissen, dem Blut keinen ordentlichen Ausgang geöfnet. Nun arbeitet Ihr ganzes Räderwerk träge, indem es an Säuften, an Blut, an Oel zum Reibezeug mangelt. Ihr Magen hat seine Reizbarkeit verloren, und

bereis

bereitet ſtatt Nahrung ein ſchleichendes Gift. Nehmen Sie von meinen Tropfen, die, ohne Ruhm zu melden, Wunder thun, und trinken Sie alten wohlthätigen Wein. Anfangs fruchtete dieſe Kurart; aber es waren nur Freuden eines Rauſches, nur Opiumsträume. Denn Morgens, eh ich meine Tropfen verſchluckte, befand ich mich bald elender als jemals, und Nachmittags entfloh das Gefühl der Geſundheit, mit den Dünſten des Weins.

Wohl! — deklamirte mein gelehrter Profeſſor, ein anderer hätte das ohne Tiefſinn vermutet. Denn eine gewaltſame Anſtrengung entkräftet immer in dem nämlichen Verhältniß; man hat Ihre Nerven nur angeſpornt, nicht geſtärkt. Ihre Tropfen ſind nichts als eine Art Aquavit, und der Wein iſt nicht mehr der geſunde Saft der Traube,

ſondern

sondern eine halb verdorbene, fermentirte, oft durch Arsenik und Bleizucker[1]) vergiftete

Y 3 Infu-

1) Ein Beispiel einer solchen Vergiftung, dessen ein neues englisches Werk erwähnt, interessirt die Menschheit. Drei junge Leute von guter Familie hatten ziemlich viel jungen Franzwein getrunken, der mit Arsenik abgeläutert war. Zwei starben wenige Tage darauf. Der dritte, vielleicht weil er stärker war, oder weniger trank, entging zwar dem schleunigen Tode, aber sein Körper wurde mit Blutflecken bedeckt; alle seine Ausleerungen, sein Speichel, sein Harn, waren mit Blut gefärbt; er wurde ödematös, erholte sich scheinbar, führte einige Jahre ein siechess Leben, und starb an der Wassersucht. S. Observations critical and historical on the Wines of the ancients — by Sir Edward Barry, Brt. 1776. Manche Patrioten haben diese tödtlichen Misbräuche gerügt. Unzer in seinem Arzt ent-

deckt

Infusion, ein Getränk, das Krankheiten
zeugt, entwickelt und nährt, und dessen sich
die Vorsicht eben so zweckmäßig, wie der Pest
und Bajonetten, bedient, um Raum für
künftige Geschlechter zu machen. Wasser, und
nichts anders, müssen Sie trinken, und Sie
können des Guten nicht zu viel thun. Ich
füllte, wie die Danaiden, ganze Ladungen
Wasser in meine Gefäße, dehnte meine
Gedärme wie Sprützenschläuche aus, ohne
daß darum meine Kräfte sich mehrten; ich
wandelte immer kränker und schwächer, und
endlich wie ein Schatten, umher.

Eine meiner Muhmen, eine sittsame
Witwe, schickte mir ihren jungen Hausme-
dikus

deckt eine Menge schädlicher Weinverfälschungen.
Nur unsere Polizei ist noch träge, diesem Meuchel-
mord zu steuern, und die Verbrecher zu strafen.

dikus zu, und dieser trug eine ganz neue Le=
bensordnung vor. Man hat, lispelte er,
Ihre Konstituzion zu ungestüm behandelt.
Wir müssen leisere Schritte thun, und den
Launen Ihres Magens mit mehr Behutsam=
keit schmeicheln. Trinken Sie Milch, die
schon ein halbes Blut ist, und der Natur die
Arbeit der Chllifikazion erspart. Meiden Sie
das Fleisch; denn nur eine verdorbene Uep=
pigkeit hat diesen blutgierigen Geschmack ein=
geführt. Wir sind nicht zu Tigern im Walde
erschaffen. Das Pflanzenreich bietet uns
eine gesündre Nahrung dar, und ganze Völ=
ker befinden sich vortreflich dabei.— Unter
allen Diäten ist mir keine übler bekommen.
Um diese Zeit fiel mir ein Buch von einem
Edimburger Arzt in die Hände, der alles,
was die Natur genießbares auftischt, für eine

Y 4

gesunde

gesunde Nahrung der Menschen hält. Wir
können, lehrt er, ohne Gefahr, bei dem
Kuräken und dem Hottentotten schmarozen.
Nur die Menge, nicht die Mannichfaltigkeit
schadet. Diese nüzt vielmehr oft, indem eine
Speise die schädliche Wirkung der andern auf-
hebt, wie z. B. das Alkali des Fleisches die
sauren Pflanzensäfte mildert. Es ist wahrer
Unsinn, das Fleisch zu verbieten, das sich am
leichtesten mit unsrer Substanz assimilirt,
das unser Magen begehrt, für welches unsre
Zähne gebildet sind. Wir Britten leben vom
Fleisch, und sind nervig und blutreich, und
werden unter jedem Himmelsstrich alt; auch
hat die Erfahrung im lezten Krieg in Indien
gelehrt, daß ein Heer Banianen vor einem
kleinen Haufen Fleischfresser flieht.

Wir

Mir gefiel die Toleranz dieses Mannes; aber ich versuchte sie zu meinem Unglück, vermutlich weil meine Natur schon lange nicht mehr die angeborne, sondern eine verkünstelte, verdorbene Natur war.

Nebenher wechselte ich eben so oft mit Arzneimitteln ab. Ich gebrauchte Stal, China, Kräutersäfte, Assa fötida, Seifenpillen u. s. w. je nachdem ich die Schwindsucht, die Wassersucht, die Gelbsucht oder irgend eine von den hundert Suchten befürchtete. [2] Da

Y 5 ich

[2] Ein neuerer Genius hat den Einfall, für jede Sucht einen Arzt zu bestellen, um jede gründlich zu erforschen. Nach einer flüchtigen Berechnung der namhaften Seuchen, die ein Ingredients dieser besten, freudigen Welt sind, besoldete der Regent alsdann ungefähr anderthalbhundert Leibärzte; erst würde der Schnupfenarzt, dann

ich auch meinen Zustand in jedem Brunnen-
buch, und zahlreiche Beispiele bescheinigter
Kuren antraf, so trinke ich schon seit zehn
Jahren die mineralischen Wasser, wie sie
auf der Landkarte folgen.

Im verwichenen Sommer trat in Pyr-
mont eine hagre, hohläugige Gestalt zu
mir. Haben Sie, fragte das Gespenst
mit bebender Stimme, auch das kalte Bad
schon gebraucht? Es stärkt gewaltig. —
Hier fiel es in Ohnmacht. Ich leugne die
Kräfte des kalten Wassers nicht. Im Wasser

zu

dann der Fieberarzt, zuletzt der Schwindsuchts-
arzt geholt. Man denke sich den Competenzstreit,
die praeventiones fori; der hat sicher im Cartet-
schenfeuer gewandelt, der da mit seinem Leben
entwischt.

zu leben, nent Maillet 3) respirer l'air natal,
und es kan sein, daß es zuweilen das ekelhafte
Dasein manches Invaliden verlängert. Mir
aber gerieth die Kur nicht, ich gebe vielmehr
der Erkältung dabei meine Gliederschmerzen
Schuld, welche weder die Dusche, noch das
Senfbad, noch das Dampfbad, noch irgend
ein warmes Bad, lindern will.

O Aeskulape! zürnet nicht, wenn mein
Glauben an eure Kunst zu wanken beginnt,
wenn ein unglücklicher Akzienspieler über die
Mäkler in Change-Alley schmält! Oft
helft ihr unstreitig, wann uns ein wütendes
Fieber ergreift, wann die Natur nur be-
stürmt, nicht zerrüttet ist; ihr dämpft den

Auß

3) Unter dem Namen Telliamed behauptet er mit
vielem Wize, daß wir ursprünglich im Wasser
lebten. Nichts ist so abgeschmackt, was nicht irgend ein Philosoph behauptet hätte, sagt Cicero.

Aufruhr; ja, ihr rettet zuweilen, wann die Flamme durch alle Stockwerke lodert — wenn das Gebäude nur noch fest ist. Aber wann der Grund wegsinkt, wann die Fäulniß tief in den Hauptständern sizt, wann ein chronisches Uebel an unsrer Lebenskraft nagt, hilft alsdann Higiea dem Elenden noch? Giebt es eine Wissenschaft, die uns erliegende Natur aufzurichten? oder, wenn ihr Funken noch glimmt, wenn sie noch strebt, ist es weise, sie durch Arzneien zu ermüden? in ihrem Gange zu verwirren? Und wer wählt unter der zahllosen Menge von Mitteln, die oft nur die Mode des Tages in Schuz nimmt? Von der Transfusion an bis zu Pommes [4]) Brühen, wel-

che

4) Pomme, ein Arzt in Paris, der vor ächt Jahren alle Krankheiten mit Hühnerbrühen heilte.

che Reihe von Pflanzen, Salzen, Gummi, Metallen und Giften? Theerwasser, Schierling, Harzrauch und Eicheln, Guajak und Pomeranzenblätter, Käfer, Würmer und Bella Donna, Vipernsuppen und Eselsmilch, alle haben ihren Ruf überlebt; die Quassia ringt mit der China, und man fängt an vom Queckfilber übel zu sprechen; Dominicetti fumigirt alle Zufälle weg; jener lockt funkenweise Krankheiten ab, oder zieht sie durch Magnete wie Eisenstaub an; K. hilft durch die vim centrifugam, und P. heilt durch den Beischlaf das Podagra. Wehe dir Kranken, wann du in die Hände eines Amateurs fällst, der dich wie einen Apparatus betrachtet, um an der Veränderung deiner Farbe, deinem Puls, deinem Schweiß, deinen Zuckungen, die unterhal-

tende

tende *) Wirkung seiner Versuche zu beobach=
ten! Wenn in einem deiner Haarröhrchen
eine Stockung entsteht, so verordnet man dir
auflösende Mittel. Diese sollen, im Magen
mit fremden Säften vermischt, hundertfältig
verändert, in tausend Kanäle vertheilt, mit
einem Tausendtheilchen an dem kranken Ort
noch mächtig genung sein, um die Verstopfung
auf=

*) Unterhaltend heißt, nach der Sprache eines
neuern Arztes, eine Komplikazion ungewöhnli=
cher Martern. Wann ein Elender, mit aufge=
triebenem Bauch, verdrehten Augen und hängen=
der Zunge, in schrecklichen Zuckungen heult, das
ist ein unterhaltender, interessanter Kasus. Als
D'Amiens zerfleischt ward, drängte sich ein wohl=
gekleideter Herr mit einem Fernglas ans Ge=
rüste, um die Operazion näher zu betrachten.
Der Henker half ihm ehrerbietig mit den Wor=
ten durchs Gedräng: place, place, Monsieur
est un amateur.

aufzulöſen? Und wer iſt dir Bürge, daß ein allzuſtarkes Reſolvens auf dem Wege zum Uebel nicht ein größeres Unheil anrichtet? Könt ihr irgend einen wirkenden Balſam zu einer innern Wunde bringen? Nerven beru: higen, die lang zum Krampf gewöhnt ſind? ihre Federkraft herſtellen? oder muß ſich der Elende mit dem Araber tröſten, der, in ſeinem Harem iſolirt, umſonſt von Niebuhrs Rei: ſegefährten nur noch einmal die Freuden ei: ner Nacht kaufen wolte?

Von Berger und Zimmermann, Wohlthä: ter der Menſchen, wenn euch einſt Muße am Abend eurer Tage erwartet, ſo ſchreibt ein Buch, das noch nicht geſchrieben iſt, von ge: wiſſer Erfahrung. Ihr beobachtet mit Hip: pokratiſchem Geiſt, ihr denkt großmütig und edel, ihr verachtet die Siſtemſucht, und for:

ſchet

schet nach Wahrheit, denn euer Herz ist empfindlich; — gesteht der Welt die Lücken eurer Wissenschaft, und krönt dadurch euer segenreiches Leben; beschreibt heilbare Krankheiten durch untrügliche Zeichen; nent zuverläßige Mittel, und in zweifelhaften Fällen ruft den Trostbegierigen zu, sich in die Arme der liebreichen Natur zu werfen, die öfter hilft als die Kunst, und gewiß seltner verdirbt! Euer Buch wird nicht groß seyn — ein berühmter englischer Arzt versprach, die ganze gegründete Arzneikunst auf Einem Bogen zu hinterlassen. — Es sei euer Koder, künftige Aerzte; und wenn es nicht geschrieben wird, so rath' ich euch, was Sydenham Blackmoren rieth: lest nie ein ander Buch, als den Don Quixote.